Maurice Leblanc

ARSÈNE LUPIN

皇后的項鍊
Le Collier de la reine

亞森
羅蘋

莫里斯・盧布朗 著
Maurice Leblanc
蘇瑩文 譯

好讀出版

代序

作一場羅蘋大夢

民國五十四年，當東方出版社推出一系列黃皮繪圖封面的「亞森・羅蘋系列」時，羅蘋這一號人物，突然像平地一聲雷，轟翻了所有兒童讀者的心思，雖然在那之前，義賊如台灣民間人物廖添丁、英國傳說人物羅賓漢等並不少見，但揉合偵探、盜賊、冒險家、詐欺犯、變裝高手於一身的羅

蘋，以帥氣瀟灑的姿態翩翩降臨當時民風純樸的孩童心上，他帶來的神祕氣息與出奇智慧，以及讓人忍不住嘴角揚起的狡獪幽默，還有詭譎離奇的冒險遭遇，時而輕盈、時而緊繃、時而驚心動魄、時而出人意表，在平淡無奇的童年生活裡，像是背著光圈，讓人心生嚮往之情，彷彿可以藉著那些活潑懸疑的故事，稍稍接觸從未想像過的世界、那樣衣香鬢影的巴黎上流社會，要說那時的小孩們，是以亞森·羅蘋的故事開始認識法國這個國家的，恐怕也不為過。

彼時東方出版社並未出齊所有羅蘋的故事，更久之後，當年的孩子們才會知道自己那時迷戀的怪盜紳士羅蘋故事，並不是法文原版翻譯，而是譯自日本Poplar社出版，由作家南洋一郎翻譯改寫而成的童書版，其中甚至有南洋一郎自編或其他法國作者寫的羅蘋故事，故事自然是精采萬分，但你嘗過了味道，怎能不渴求原汁原味的成人一品？

創造出羅蘋這個讓人愛之迷之角色的生父乃是法國作家莫里斯·盧布朗，

盧布朗原來寫的並非摻雜冒險色彩的娛樂小說，而是以法國大作家福樓拜或莫泊桑為標竿，以純文學為個人寫作重心，那時正值十九世紀末、二十世紀初，英國作家柯南・道爾筆下的名偵探福爾摩斯探案，席捲了整個歐洲，但盧布朗沒把這類娛樂普羅大眾的小說看在眼裡，直到一九〇五年，皮耶・拉菲特創辦了一份名為《我全知道》的雜誌，為了吸引讀者，拉菲特情商好友盧布朗寫了一則短篇推理小說〈亞森・羅蘋就捕〉，有人認為這個角色影射的是當時正接受審判的法國神偷亞歷山大・約伯（或名馬利厄斯・約伯），據稱馬利厄斯的幽默感與劫富濟貧的義行，就是羅蘋的原型。

那時心不甘情不願的盧布朗為了斬草除根，還故意安排羅蘋在故事結尾被捕，沒想到二十世紀初期貧富懸殊，困頓的老百姓對於攪亂上流社會又愚弄法國警方的羅蘋大有好感，這則短篇故事的成功，讓嘗試純文學創作卻無法出人頭地的盧布朗慢慢接受了現實，開始認真經營羅蘋系列，雖然在晚年，他也曾喟嘆自己只是羅蘋的影子，被這個風流瀟灑的怪盜拉著跑，但在他的創作生涯中，羅蘋終究成為不容忽視的要角，盧布朗的名字注定要跟羅蘋連在一起。

盧布朗雖然創造出這麼多離奇的故事，但不知是不服氣抑或想藉羅蘋損一下在羅蘋誕生前已經大獲人心、成為英國偵探代表人物的福爾摩斯，在第一個單行本最後一篇故事〈遲來的福爾摩斯〉裡，盧布朗創造了一位叫做福洛克．夏爾摩斯（Herlock Sholmès）的英國名偵探，據說盧布朗原來寫的是夏洛克．福爾摩斯，卻遭致柯南．道爾嚴正抗議，因為盧布朗把這個福洛克寫成一個一板一眼的英國佬，不但在開場時就被魔高一丈的羅蘋給比了下去，後來在《怪盜與名偵探》這本書裡，又頻頻吃癟，這讓福爾摩斯的作者與書迷情何以堪？即使到今天，仍有許多人一而再再而三地要跳出來幫大偵探福爾摩斯澄清這回事，事實上，兩人既是虛構人物，又各自有不同作者，也就毫無同台較勁、公平競爭的可能，今天不管是柯南．道爾或莫里斯．盧布朗執筆，必有一方佔上風，讀者無需為此大動干戈，或許那正是盧布朗當初創造怪盜與名偵探對壘的原始動機，挑戰或消費既有品牌與名人，本來就是新品牌和新人造勢的手法，你越是氣憤、不悅，越是花篇幅釐清事實，反而幫後起之秀羅蘋做了宣傳。

雖然羅蘋早已過了百歲誕辰，但在法國，羅蘋受到的重視其實遠不及在貝克街執業的福爾摩斯，後人向經典致敬的著作也未如福爾摩斯眾多，難道羅蘋只是孩童等級的娛樂小說嗎？但我們看著羅蘋用聲東擊西、以假亂真的手法回敬吝嗇的鉅富，道德不及格、正義感卻滿點的行為，還有諸多讓人看了捧腹大笑的《法國迴聲報》報導，彷彿你童年時那個充滿朦朧魅力的神祕閱讀經驗又回來了，翻開書頁，從來沒老過的羅蘋就在這裡，就像那些急著想跟羅蘋致敬的角色：日本漫畫家Monkey Punch創造的漫畫人物，據稱是羅蘋孫子的魯邦三世（「魯邦」的確比「羅蘋」更接近法文讀音）、日本推理小說名家江戶川亂步筆下變幻莫測的怪人二十面相，和武俠小說家古龍筆下風流倜儻、以盜竊為生的盜帥楚留香，甚至是卡通《名偵探柯南》裡出現的怪盜基德（柯南對決怪盜基德，嗅到較勁的味道了嗎？）或那些留著小鬍子、在片中努力模仿羅蘋的電影明星。他們都是變身的羅蘋，卻也都不是羅蘋。

唯有老老實實重來一遍，再讀許多遍那些看似陌生、骨子裡卻熟悉的敘述，亞森・羅蘋才不會只是過氣的小說人物，打從他六歲偷了第一條項鍊開始，就注定要走上一條與人不同、又艱辛又瑰麗的路程，你打開書，也注定要墜入一場與眾不同、繁花似錦的閱讀大夢。

好讀出版總編輯　鄧茵茵

contents 目錄

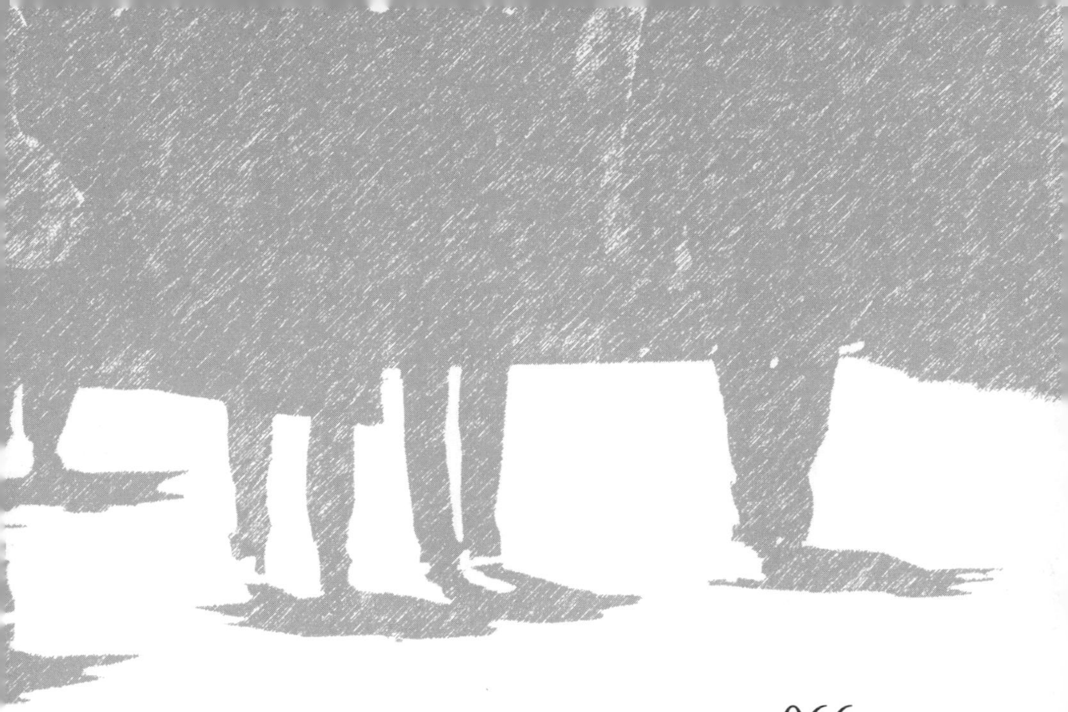

編按：本書在編纂過程中，注音符號均依照《教育部國語辭典》所示的音讀行之，故與一般口語表達的念法不盡相同。

chapter 1

皇后的項鍊

只有在重大的場合，諸如奧地利大使館的舞會，或畢靈頓夫人的晚宴，鐸勒—蘇比斯伯爵夫人才會將「皇后的項鍊」佩戴在她白皙的頸際，而這樣的場面，一年也僅見兩三次。

這條傳奇的項鍊，最早是皇室珠寶匠波梅與巴頌吉為路易十五的情婦巴利夫人打造，後來由羅罕—蘇比斯主教買下這條項鍊，以為項鍊終將成為致贈給法國皇后瑪麗・安東妮的禮物。一七八五年二月的某個晚上，性好冒險的珍妮・法羅瓦——也就是莫特伯爵夫人，在丈夫和共犯雷托・威列特的協助下偷出了項鍊。

事實上，整條項鍊只有鑲座是真品，由雷托．威列特保管。莫特伯爵和夫人粗魯地拆下珠寶匠波梅精挑細選的剔透寶石，變賣了寶石離開巴黎。雷托後來到了義大利，把鑲座賣給賈斯東．鐸勒—蘇比斯。賈斯東是羅罕—蘇比斯主教的姪子，同時也是他的繼承人，當初多虧了主教幫忙，才免於破產的窘境。為了感念自己的叔叔，賈斯東從英國珠寶商傑佛瑞手中買回一些鑽石，然後再補上其他較不值錢但是大小相當的寶石，重新修復了首飾讓人驚豔的原貌。

將近一個世紀以來，鐸勒—蘇比斯家族一直以這件具有歷史意義的作品為傲。儘管這個家族經過許多變遷，已家道中落，但是他們寧願節食縮衣，也不願賣掉貴重的傳家珍寶。尤其是現任伯爵，為了謹慎起見，特別在里昂信貸銀行租了一個保險箱，專門用來存放項鍊。如果伯爵夫人打算在晚宴上佩戴項鍊，他會親自到銀行的保險箱取出，隔天再親自送回。

時間要回到這個世紀初的某個晚上，伯爵夫人佩戴著項鍊，在卡斯堤爾宮的晚宴中豔冠群芳。在這場為了克里斯瓊親王舉辦的晚宴上，連親王都注意到了伯爵夫人出眾的美貌，而她佩戴在優雅頸際的寶石也同樣璀璨奪目。明亮的鑽石在燈光之下，閃耀出炫麗的光彩。除了伯爵夫人之外，沒有其他人能如此完美地詮釋出這件作品的高貴與獨特。

當晚，鐸勒伯爵回到位於聖日耳曼區的古老宅邸，一進到房間，便為晚宴中的雙重勝利拍手叫好。妻子為他帶來的驕傲，幾乎不亞於四代以來光耀家門的這件祖傳首飾。伯爵夫人則帶著孩子氣的虛榮，流露出傲慢本性。

她依依不捨地取下項鍊交給丈夫，伯爵則以讚美的眼光仔細審視項鍊，彷彿這是他平生第一次看到這件首飾。接著，他把項鍊收入飾有主教徽紋的紅色皮革首飾盒裡，走進了相連的隔間。這個小隔間與其說是房間，不如說是個衣物間，與臥房以位於床尾的一扇門相連。他如同以往，把珠寶盒置於高處的架子上，藏在帽盒和成疊的床單之間。隨後關上了房門，上床就寢。

第二天早上，他在九點鐘醒來，打算在用早餐之前先去一趟里昂信貸銀行。他穿好衣服，喝了一杯咖啡，下樓到馬廄察看。馬廄裡有匹馬情況不大理想，他要馬夫牽著馬在院子裡行走，接著小跑步，好讓他仔細觀察一番。隨後，他便回到妻子身邊。

她還沒離開臥房，有名女僕正在幫她梳頭。她問丈夫：「你要出門嗎？」

「是的，要把東西送過去。」

「喔，對……謹慎些為好。」

他走進隔間裡，沒一會兒，他開口問妻子：「親愛的，你拿了項鍊嗎？」

這時候，伯爵還不覺得驚訝。

她回答：「怎麼會？當然沒有，我什麼也沒拿。」

「你重新整理過東西嗎？」

「完全沒動，我連這扇門都沒碰過。」

此時他才開始著急了起來，結結巴巴地問：「你沒動？……不是你？……那……」

伯爵夫人跑進了隔間裡，兩人拚命尋找，把帽盒扔到地上，推散一疊疊的床單。伯爵說：「沒有用的……我們怎麼找都找不到……就是這裡，我就是把東西放在這個架子上。」

隔間裡的光線陰暗，兩人點起了蠟燭，翻箱倒櫃尋找項鍊，把東西全往外面推。最後，隔間裡什麼也沒剩，他們終於明白，名聞遐邇的「皇后的項鍊」真的不見了。

伯爵夫人生性果決，她沒有浪費時間哀嘆損失，而是立刻派人報知警察局局長法洛伯。她曾經見過局長，對他的睿智以及明辨案情的能力十分佩服。當他們將完整的細節告訴了局長之後，他問道：「伯爵先生，您確定沒有人在夜裡進到房間裡來嗎？」

「我絕對確定。我一向睡得不沉，再說，臥室的門上了鎖。今天早上，我妻子拉鈴要佣人過來的時候，我才打開門栓。」

「這個隔間沒有別的出入口？」

「一個也沒有。」

「有沒有窗戶呢？」

「有，但是窗戶封死了。」

「我想去檢查一下。」

他們點燃了蠟燭，法洛伯局長立刻發現窗戶沒有完全封死，只用大衣櫃擋住了一半的高度，但是，衣櫃並非完全緊靠在窗邊。

「幾乎貼在窗邊了，」鐸勒伯爵說：「如果要搬動衣櫃，一定會發出很大的聲響。」

「這扇窗通往什麼地方？」

「通到內院。」

「臥室的樓上還有一層樓，是嗎？」

「有兩層樓，但是在佣人房的樓層高度，有一層鐵絲網封住了內院。就是因為這樣，光線才會這麼暗。」

大家推開衣櫃後，發現窗戶是緊緊關上的，如果有人從外面潛了進來，窗戶不可能關得如此緊密。

「除非是，」伯爵邊觀察邊說：「有人從我們的臥室走進到隔間裡。」

「如果是這樣，門栓在今天早上應該不會保持原位。」

局長沉思了一會兒，接著轉頭詢問伯爵夫人：「夫人，您身邊的人知不知道您昨日晚上會佩戴項鍊？」

「當然知道，我沒有刻意隱瞞。但是沒有人知道我們把項鍊收在隔間裡。」

「沒有人知道？」

「沒有……除了……」

「伯爵夫人，請您說清楚，這點非常重要。」

她對丈夫說：「我想到了安麗葉。」

「安麗葉？她和其他人一樣不知道細節。」

「你確定嗎？」

「這位女士是誰？」法洛伯局長問道。

「一個我在修女院認識的朋友。幾年前下嫁給一個工人，為了這件事，和家人不相往來。她丈夫過世之後，我在宅邸裡為他們留了一間套房，讓她帶著兒子過來同住。」

她尷尬地補充：「她有雙巧手，可以幫我做一些雜務。」

「她住在幾樓？」

「和我們同一層樓，在這條走廊盡頭，離其他人不遠。我還想到，她的小廚房裡有扇窗戶……」

「也是通往這個內院，是嗎？」

「是的，就在我們對面。」

伯爵夫人說完這番話，大家全都噤聲不語。

接著，法洛伯局長要求去看看安麗葉的房間。

大家進到房裡，看到安麗葉正在做女紅，六、七歲大的兒子勞爾坐在旁邊看書。局長驚訝地發現她的住處異常簡陋，裡面沒有壁爐，僅以小小的隔間充當廚房。局長開始問話，她得知有竊案發生，不禁慌了手腳。前一天晚上，她才親手幫伯爵夫人戴上了項鍊。

「老天爺！」她驚呼，「怎麼沒人告訴我？」

「您完全沒有頭緒嗎？有沒有什麼猜測呢？竊賊可能是從你的房間過去

的。」

她笑了起來，笑容十分真誠，絲毫沒想到自己可能會被列入嫌疑犯之列。

「可是我一直沒離開過房間！我從來不出去的。再說，您沒看見嗎？」

她打開小廚房裡的窗戶。

「您看，從這裡到對面的窗臺至少有三公尺的距離。」

「您怎麼會知道，我們推測小偷是從內院進到隔間裡的？」

「難道……項鍊不就一直放在隔間裡面嗎？」

「您怎麼知道？」

「天哪！我知道伯爵夫婦一向會在夜裡把項鍊放進隔間，他們當著我的面提過這件事……」

她的面容仍然年輕，只是哀愁毫不留情地留下了痕跡，讓她顯得更加溫和。在一陣沉默之後，她露出焦急的表情，彷彿感受到了一股危險與威脅。她將兒子拉到身邊，孩子牽起母親的手，輕輕地吻了一下。

當鐸勒伯爵和局長獨處的時候，他問道：「您該不會是懷疑她吧？我可以擔保，她是個正直的女人。」

「喔，我完全同意您的看法，」法洛伯局長說：「充其量，她也只可能在不知情的狀況下，無意間幫助了竊賊。然而我們可能還是得放棄這個猜測，因為這無助於調查。」

警察局局長的調查沒有進展，由預審法官接手，繼續進行了好幾天，詰問伯爵家中僕傭，查驗門栓，測試隔間窗戶的開闔運作，上上下下檢查過內院……結果仍然是一無所獲。門栓沒被動過手腳，從外面也沒辦法打開或關上窗戶。

檢警針對安麗葉展開嚴密的調查，因為無論如何，一切癥結似乎都回到她身上。經過嚴謹的查證之後，警方發現安麗葉在三年間總共只出過四次門採買東西，而每一次都有確實的佐證。事實上，她的職務是鐸勒伯爵夫人的女僕兼裁縫，夫人對她十分嚴苛，其他幾名僕人均可作證。

「再者，」一個星期之後，預審法官作出和警察局局長相同的結論：「就算有了嫌犯（這一點，我們尚且無法確認），我們也不知道犯案的手法。我們根本找不到線索，房門和窗戶都沒有遭到破壞。這簡直是奇上加奇！嫌犯是怎麼進到隔間裡，又怎麼能在完全沒有破壞門栓和窗戶的狀況下，走出了隔間？」

經過四個月的調查之後，法官私下作出結論：鐸勒伯爵夫婦一定是財務窘困，才會出此下策，變賣了皇后的項鍊。於是，本案宣告終結。

這件貴重首飾遭竊，對鐸勒—蘇比斯家族造成重大的打擊，久久難以平復。原來建立在這件珠寶上的信譽瞬間瓦解，債主咄咄逼人，他們卻借貸無門。伯爵夫婦只能忍痛變賣或抵押財產。如果不是兩門遠房親戚留下了大筆遺產，他們早就得宣布破產。

這對貴族夫妻的自尊也同樣受到了傷害，原來顯赫的身分，如今似乎出現了缺憾。奇怪的是，伯爵夫人對昔日同樣寄宿在修女院的好友開始有了芥蒂。她毫不隱藏心裡的怨恨，並且還公開指責。夫人先是將安麗葉驅趕到僕傭的樓層，接著又將她辭退。

就這樣，日子一天天平靜地過去，伯爵夫婦仍然四處旅行。

這段期間，只出現過一個值得一提的插曲。安麗葉離開伯爵府邸的幾個月之後，夫人曾經收到安麗葉寄來的一封信，讓她頗為詫異。

夫人：

我真不知道該如何感謝您。一定是您寄來給我的，不是嗎？除了您之外，不會有別人，沒有人知道我避居到鄉下。如果我猜錯了，請您原諒，但是您過去對我的恩情，我仍然銘記在心。

信上講的是什麼事？無論是過去或現在，伯爵夫人對安麗葉的態度只能以吝嗇苛刻來形容。安麗葉為什麼要感謝夫人？

在夫人詢問之後，安麗葉才說出自己收到一封沒有署名的郵件，裡面裝了兩張千元法郎的大鈔。她將信封和回信一併寄給伯爵夫人。信封上蓋的是巴黎郵戳，上面只寫了她的地址，字跡顯然經過刻意變造。

這兩千法郎是從哪裡來的？寄件者又是誰？司法單位決定介入調查，但是在茫茫人海中，要去哪裡找出這個人？

十二個月之後，同樣的情況再次發生，隨後是第三封、第四封寄錢的郵件，連續六年沒有間斷。唯一的差別，是在第五年和第六年的時候金額加了倍——當時安麗葉重病纏身，恰好拿這筆錢來治病。

此外，由於其中一封信沒有以報值郵件寄送而遭到郵局攔下，於是最後的兩封便完全依規則寄送。一封是署名為安克堤的人由聖日耳曼區寄出，另一封則是由一位貝夏先生由許爾區寄出。經過查證，兩封信的寄件資料都是虛構的。

安麗葉在竊案發生的六年後過世，這個謎一般的案件依然無解。

* * *

普羅大眾沒有忽略這樁竊案的任何枝節，這條於十八世紀末動搖了法國帝制的項鍊不但命運多舛，在一百二十年之後仍然是眾人矚目的焦點。但是現在我要講的故事，除了主角人物和少數相關人士之外，沒有他人知情。在伯爵的請託之下，這些人同意保持緘默，永遠不得說出祕密。但是，總有一天會有人守不住祕密，是以我打算毫無顧忌地揭開竊案神祕的面紗。更何況，報紙早已在前天早晨刊登出那封讓讀者瞠目結舌的信件，為這樁悲劇增添了神祕哀傷的色彩。

信件見報的五天之前，鐸勒—蘇比斯伯爵在自家宅邸舉辦了一場午宴。席間的女賓是伯爵的堂妹和兩名姪女，在座的男士則有身兼愛薩維地區議長的波夏議員、伯爵在西西里結識的佛利安尼騎士，以及伯爵的長年好友——官拜將軍的胡契耶侯爵。

午餐用畢，女士們享用咖啡，同意讓男士抽支菸，條件是他們必須留在客廳裡作伴。伯爵的一個小姪女拿起紙牌為大家算命，大家天南地北地閒聊，說起了幾樁著名的犯罪事件。就在這個時候，老喜歡尋伯爵開心的胡契耶侯爵知道伯爵對項鍊失竊案這個話題避之唯恐不及，於是調皮地提起了這樁奇案。

在場每個人各持己見，開始表述自己的推斷。當然啦，這些假設全都互相矛盾，也著實行不通。

「您呢，」伯爵夫人詢問佛利安尼騎士，「您有什麼看法？」

「喔，夫人，我啊，我什麼看法也沒有。」

眾人紛紛抗議。因為佛利安尼騎士剛剛才說完一連串精采的故事，把自己陪在巴勒姆地區的法官父親身邊辦案的情節說得活靈活現，這也就是說，他對這種難解之謎肯定特別感興趣。

「我承認，」佛利安尼騎士說：「我的確破解過一些連高手都得不到結論的案子。但是，大家可別因為這樣，就把我拿來與名偵探福爾摩斯相較……再說，我對這樁竊案實在不熟悉。」

賓客不約而同地將目光轉向男主人，伯爵雖然不甚情願，卻也只好簡要地說出案情。佛利安尼聽完故事，沉思了一會兒，接著提出一些問題，然後喃喃地說：「怪了……根據我的初步判斷，案情應該不太複雜。」

伯爵聳聳肩不以為然，但是其他人立刻靠向佛利安尼。接下來，佛利安尼用較為肯定的語氣說：「如果想找出罪犯，通常要先確認作案的手法。就我看來，這個案子再單純不過了，因為我們手上掌握的不是多項假設，而是一個明確的事實，也就是，竊賊只能從臥室的門，或是隔間的窗戶進到裡面。再者，我們也知道，上了鎖的房門不可能從外面打開。這麼一來，唯一的可能便只有從窗戶爬進隔間裡。」

鐸勒伯爵說：「窗戶一直都是關著的，而且事後檢查的時候，窗戶也沒有打開。」

「關於這一點，」佛利安尼未加理會伯爵的聲明，繼續說：「只要從小廚房的窗臺搭起隔板到對面的窗口就行了，接著當珠寶盒……」

「我再重複一次，隔間的窗戶是關上的！」伯爵帶著不耐煩的語氣抗議。

這次，佛利安尼對伯爵的說法做出了回應，他的態度鎮定，伯爵明確的反駁似乎沒對他造成任何影響。他說：「我相信窗戶一定是緊緊關上的。但是，隔間裡是不是有扇氣窗呢？」

「您怎麼會知道？」

「首先，因為在當時大部分的宅邸中，隔間都有這項設計。其次，若非如此，否則竊案根本無從發生。」

「的確，隔間裡面是有扇氣窗，但是氣窗和窗戶一樣都是關上的，所以，我們甚至沒有特別去檢查。」

「錯就錯在這裡。如果大家當初檢查了氣窗，就會發現氣窗其實是打開著的。」

「要怎麼開？」

「我猜，就和其他的氣窗沒兩樣，用一條尾端有拉環的鐵繩拉開，是吧？」

「沒錯。」

「這個拉環就懸在窗戶和大衣櫃之間，對嗎？」

「是的，但是我不懂……」

「這就成了。竊賊只要拿個鐵鉤之類的工具探入窗玻璃之間的縫隙，然後鉤住圈環一扯，就可以打開氣窗。」

伯爵大聲笑道：「好極了！簡直是太完美了！您輕輕鬆鬆就破案了。只是，親愛的朋友啊，您忘了一件事，窗玻璃上並沒有縫隙。」

「絕對有的。」

「不可能，如果有縫隙，我們一定會發現。」

「如果想要發現，就得先仔細觀看。縫隙確實存在，不可能沒有，就在窗玻璃和拿來當作鑲嵌材料的油灰之間，當然，一定是道垂直的縫隙。」

伯爵站起身來，神情十分激動，他在客廳中來回煩躁踱步，接著走到佛利安尼身邊。「在那天之後，裡面的格局布置完全不曾更動，沒有人再踏進過隔間一步。」

「倘若真是如此，伯爵先生，您可以輕易證實我的說法與事實相符。」

「您的解釋和司法單位的調查毫無交集。您什麼都沒看到，什麼都不知情，怎麼可能和我們這些目睹過現場，並且對細節一清二楚的人唱反調？」

佛利安尼不在意伯爵的惱羞成怒，反而帶著微笑對他說：「天哪，伯爵，我只是試著釐清事實，您可以證明我的推斷錯誤。」

「不必再等下去，您太過自信……」

鐸勒伯爵低聲咕噥幾句之後，突然轉身走出了客廳。

大家都沒有說話，全在焦急地等待著，似乎案情真的即將明朗。沉默的氣氛格外凝重。

最後，伯爵終於回到門邊。他的臉色蒼白，情緒激動。他用顫抖的語調，對在座的朋友說：「請各位見諒……佛利安尼先生的推斷完全出乎我的意料之外……我完全沒想到……」

伯爵夫人急切地打斷他的話，「拜託你說清楚，究竟怎麼了？」

伯爵結結巴巴地說：「在佛利安尼先生說的地方，沿著窗玻璃的確有道縫隙……」

他一把抓住佛利安尼騎士的手臂，情急地對他說：「佛利安尼先生，請您繼續說下去吧。我承認您的推論到此為止都正確無誤……但是，您還沒解釋清楚……請您告訴我……依您看，當時到底發生了什麼事？」

佛利安尼輕輕掙脫手臂，半晌之後，才說：「嗯，據我看，事情的經過應該是這樣的。竊賊知道鐸勒伯爵夫人要佩戴項鍊參加宴會，於是趁你們不在的時候，搭起了板子。他透過窗戶觀察，看到您在回家後藏妥了珠寶盒。您一離開小隔間，他就劃開玻璃，鉤動拉環，打開氣窗。」

「就算是這樣，氣窗到窗戶之間的距離仍然太遠，他不可能拉得到窗戶的把手。」

「如果他拉不開窗戶，那就表示，他是爬過氣窗，進到隔間裡。」

「不可能，氣窗太小，沒有人鑽得過去。」

「如果竊賊不是大人呢？」

「怎麼可能！」

「沒錯，如果氣窗太小，成人爬不進去，那就非得是個小孩不可。」

「小孩子！」

「您不是說過嗎？您的朋友安麗葉有個兒子。」

「的確如此，她的兒子叫做勞爾。」

「犯下竊案的，應當就是勞爾沒錯。」

「您有什麼證據？」

「證據？不會找不到的，比方說……」

他沉思了一會兒，然後說：「拿架在窗臺上的木板來說好了，不可能沒人看到孩子從外面搬回一塊木板，所以，他用的一定是隨手可以取得的材料。安麗葉的小廚房裡，有沒有夠在牆壁上用來擺放鍋盤的小層板呢？」

「假如我記得沒錯，的確有兩塊層板。」

「您要確認一下，看看這兩塊層板是不是確實地固定在架子上；如果不是，我們可以推測這孩子有可能取下層板，然後想辦法扣住了兩塊木板。也許這對母子的房間裡有火爐，他可能利用火鉗拉開氣窗的圈環。」

伯爵一言不發，走了出去。這次和方才不同，客廳裡的賓客不再覺得焦急，他們確信佛利安尼的推測絕對不會出錯。這個男子全身上下散發出一種勝券在握的風采，說話的方式不像是推論判斷，而像是在敘述可逐步證實的真實事件。

伯爵一回到客廳，便說道：「一定就是那個孩子，罪證確鑿。」

沒有人對此感到驚訝。

「您看到層板和火鉗了嗎？」

「看到了……層板的釘子老早被撬了下來，火鉗還留在原處。」

鐸勒—蘇比斯伯爵夫人大聲表示：「是他……還是，您指的是他的母親？安麗葉是唯一的竊賊，一定是她強迫兒子……」

「不，」佛利安尼的語氣堅定，「孩子的母親是無辜的。」

「不可能！他們住在同一個房間裡，安麗葉怎麼會不清楚孩子的一舉一動？」

「他們雖然住在同一個房間裡，但是事情的發生地點是在相連的小廚房，是孩子趁母親沉睡的時候下手行的竊。」

「那麼，項鍊在哪裡？」伯爵問，「在孩子的東西裡總該找得到吧？」

「恕我直言，他早就出過門了。當天早上，當大家進到這對母子的房間之前，他剛從學校回家。如果司法單位沒有把時間浪費在無辜的母親身上，而是花點時間去檢查孩子在學校的課桌，查看裡面除了書本之外還有什麼，也許有機會查出真相。」

「不管是不是這樣，安麗葉每年都會收到兩千塊法郎，這不就足以證明她是共犯嗎？」

「如果她是共犯，怎麼會為了這筆錢向您道謝？再說，警方也密切監視著她，不是嗎？反而是孩子可以自由行動，他可以大大方方地跑到鄰近的村落隨便找個舊貨商，視情況一次賣掉一兩顆鑽石，並且要求貨款必須從巴黎寄出，一年大概交易一次。」

鐸勒—蘇比斯伯爵夫婦和在場的賓客全都感受到一種無法形容的壓迫感。情況很明確，除了堅定的解釋之外，佛利安尼打從一開始態度就咄咄逼人。他的語氣中帶著譏諷的意味，話中的敵意多過善意。

「這番推測真是太讓我佩服了！您的想像力的確很豐富。」伯爵試圖一笑置之。

「不是的，」佛利安尼說話的語氣更嚴肅了些，「這完全不是出自於想像，我只是說出當時的狀況。」

「您怎麼會知道？」

「憑您方才告訴我的細節。我設身處地試想，這對母子避居到窮鄉僻壤的小村落裡，母親抱病，孩子計劃變賣寶石來拯救母親，或是說，延緩她病情的惡化，讓她能順利度過最後的日子，只是，最後她仍然病故了。日子一天天過去，孩子長大成人。接下來（這回，我得承認，這全憑想像），假設這個男人決定回到他度過童年的城市，找到當年誣陷他母親的人，大家能想見他置身於這塊傷心地的感受嗎？」

他的聲音迴盪在寂靜的客廳之間，伯爵夫婦竭力想要聽懂這番話，而在他們明白了真相之後，臉上的恐懼與焦慮更是難以掩飾。伯爵喃喃地說：「先生，您究竟是誰？」

「我？當然是您在巴勒姆結識，並且多次應您邀請來訪的佛利安尼騎士啊！」

「那麼，您剛剛說的故事有什麼意義？」

「喔，什麼也沒有！我純粹是動動心思推敲案情。我只是想，如果安麗葉的兒子還在人世，他會怎麼面對你們。他獨自一人犯下竊案，這一切僅是因為他母親不但成了佣人，還越來越受到鄙視，孩子實在無法忍受目睹母親所受到的折磨。」

他的語調顯得壓抑，半起身靠向伯爵夫人。毫無疑問，佛利安尼騎士就是安麗葉的兒子。他的態度、說詞和指控在在說明了一切。他想要讓大家認出他的身分，這個意圖簡直是再清楚不過了！

伯爵開始遲疑。他應該怎麼對待這個膽大妄為的傢伙？按鈴叫人來？讓醜聞爆發？還是揭開他的真面目？但是，事情已經過了這麼久，會有誰願意承認孩童犯案的荒唐說法呢？不，最好接受現實，然後繼續裝糊塗。於是伯爵湊向佛利安尼，故作愉快地對他說：「您的故事真是太有趣了，讓我很著迷。但是，依您看，這個孝順的年輕人後來有什麼發展？有了成功的開始之後，我希望他沒有放棄這個事業。」

「哈！當然不會。」

「可不是嗎！這個起步非同小可！他在六歲的時候，便成功竊得了將瑪麗·安東妮推上斷頭臺的項鍊！」

「而且，」佛利安尼順著伯爵的話，「得心應手。沒有任何人想到要去檢查窗玻璃，在他擦掉灰塵、抹去進出隔間的蹤跡之後，也沒有人因為窗臺太過乾淨而存疑。我們不得不承認，以他當時的年紀而言，這男孩還真夠機伶！難道事情真有這麼簡單？他只要伸出一隻手就能得逞嗎？其實，他本來……」

「但是他的確是伸手偷竊了。」

「伸出兩隻手！」佛利安尼笑著說完自己的話。

聽了他的話，大夥兒不禁打起寒顫。這個自稱佛利安尼的男人背後到底隱藏了什麼祕密？這個性喜冒險的年輕人經歷過什麼奇遇？他在六歲時便稱得上神偷，到了今天，他不知是為了尋求刺激，或是心懷怨懟，竟來到受害者家中耀武揚威。他的舉動雖然大膽瘋狂，卻又不失賓客的儒雅與禮儀！

他起身走到伯爵夫人身邊，打算向她告別。看到伯爵夫人一陣瑟縮，他笑著說：「啊，伯爵夫人，您別害怕！這場在客廳裡的魔術演出是不是太冒昧了呢？」

她定下神，用一貫的輕鬆態度回應：「佛利安尼騎士，您這是哪兒的話。

這個孝子的故事讓我非常感興趣，也很高興知道自己的項鍊有如此光明的轉折。但是，您難道不認為這個……女人——安麗葉的兒子是天性如此嗎？」

夫人的話中帶刺，佛利安尼不禁打了個哆嗦。他說：「我相信這孩子正是因為有如此強韌的天性，才不至於頹廢喪志。」

「怎麼說呢？」

「您也知道的，項鍊上鑲嵌的寶石大多是贗品。除了幾顆從英國珠寶商手中買下的鑽石之外，其他的寶石早就被變賣應急了。」

「然而，這件首飾終究還是皇后的項鍊，」伯爵夫人高傲地說：「我認為安麗葉的兒子永遠無法理解這一重點。」

「他應該知道，夫人，無論上頭的寶石是真是假，這條項鍊只是個用來炫耀的象徵。」

鐸勒伯爵作了個手勢想打斷對話，他的妻子立刻阻止他。

「先生，」夫人說：「如果這個竊賊懂得什麼是羞恥榮辱……」

然而，佛利安尼冷冽的目光，嚇得她沒把話說完。

他重複了她方才的句子：「如果這個竊賊懂得什麼是羞恥榮辱？」

她知道自己用這種方式說話占不到便宜，於是，儘管心中的氣憤難消，受傷的自尊心仍然難以平復，她還是以較為客氣的態度說：「先生，據傳雷托．威列特在拿到皇后的項鍊之後，和珍妮．法羅瓦一起拆掉了鑲嵌在項鍊上的寶石，但是絲毫沒有破壞鑲座。她知道鑽石不過是裝飾，是一種陪襯，而鑲座才是整件作品的精華，可謂藝術珍品，值得尊重。您覺得竊賊是否也能懂得這個真諦？」

「我相信鑲座還完好無缺，那孩子也懂得尊重。」

「那麼，佛利安尼先生，如果您碰巧遇見他，請轉告他：儘管皇后的項鍊上原有的寶石早已被拆了下來，但是這件作品仍然代表著鐸勒—蘇比斯家族的榮耀，項鍊屬於這個家族，如同家族的名號和榮譽，密不可分，他無權留下項鍊。」

佛利安尼騎士淡淡地回答：「我會告訴他的，伯爵夫人。」

他朝她鞠躬致意，並在向伯爵和其他賓客一一道別之後，才走出了門。

* * *

四天之後，鐸勒伯爵夫人在臥室的桌子上看到一個飾有主教徽紋的紅色珠寶盒。她一打開盒子，就見到了皇后的項鍊。

對於一個追求生命之一致性與邏輯性的人來說，接下來的事不得不做。要知道，正面的宣傳絕對不嫌多。第二天，在《法國迴聲報》出現了這麼一小段精采的報導：

亞森・羅蘋尋獲了名聞遐邇的「皇后的項鍊」首飾。這件遭竊的作品一度

爲鐸勒—蘇比斯家族珍藏，由亞森・羅蘋歸還原主。讓我們同聲讚賀這項發揮了騎士精神的義舉！

chapter 2

安培爾夫人的保險櫃

貝堤耶大道上只有單側可見到幾棟小屋，清晨三點鐘時刻，一位畫家的小屋前方還停著幾輛車。屋子的大門打開，一群男女賓客走了出來。其中幾個人分別搭上了四輛汽車離開，只剩下兩名男子在路上步行。他們來到固爾塞街角的轉彎處，其中一人住在附近，分手後，另一名男子繼續步行前往麥佑城門。

他穿過威里爾大道，沿著舊城牆對面的人行道往前走。這是個美麗的冬夜，清新又舒服，很適合散步。男子踏著輕快的腳步繼續走。

沒走多久，他感覺到有人跟在他背後，他回頭看，發現一個男人的身影躲進了路邊樹叢中。他雖然不害怕，但還是加快腳步，想盡早到達甸恩路上的稅徵處。跟在他背後的男人開始朝他跑來，他慌了起來，決定謹慎處理，打算掏出手槍面對來人。

他還來不及掏出手槍，後方的男人便粗暴地抓住他，兩人立刻在空盪盪的街道上扭打起來。幾番纏鬥之後，他發現自己處於劣勢，於是大聲呼救，並且努力抵抗，結果卻被壓制在碎石路上掐住喉嚨，嘴裡還被強塞了一條手帕。他緊閉雙眼，耳朵隆隆作響，幾乎就要失去意識，這時對方突然鬆手，跳到一邊，抵擋毫無預警襲來的攻擊。

對方的手腕被拐杖狠狠地敲了一記，腳踝也被踹了好幾下，悶哼兩聲，便跛著腳逃之夭夭，嘴裡還不忘連番咒罵。

這名最後及時出現的救星沒有追上去，而是來到男人身邊，彎腰問道：

「先生，您受傷了嗎？」

他沒有受傷，但是感到頭暈目眩，一時無法起身。原來是他運氣好，稅徵處的這名職員聽到了他的呼救，跑過來察看。這位恩人招來一輛車，陪著男人搭車回到他位在大軍街的住處。

回到家門口時，男人已經恢復清醒神智，誠懇地向恩人表達感激之情。

「先生，感謝您救了我，我絕對不會忘記的。我不想在這個時候驚嚇我的妻子，但是我想要她親自向您道謝。」

他邀請救命恩人當日來家中共進午餐，並且說出了自己的名字：「我叫做魯多維克・安培爾，請問您的大名是……」

「我叫做，」這位恩人回答：「亞森・羅蘋。」

* * *

當時的亞森・羅蘋還是個默默無聞的小伙子，尚未犯下卡洪男爵城堡等諸多驚天動地的竊案，也還沒從桑德監獄脫逃。其實，他的真名也不是亞森・羅蘋。這是他為「安培爾先生的救星」這個角色特別設計出的名字，所以安培爾事件無疑是羅蘋這個名字的受洗大典。羅蘋當年摩拳擦掌，躍躍欲試，但是欠缺資源又沒有名聲地位，因此，他充其量不過是這個行業的新手。然而，誰也沒料到他很快就會嶄露頭角。

他在早晨醒來，一想起昨晚安培爾先生的邀約，不禁喜形於色——他終於達成目標，終於得到可以一展長才的機會了！對他而言，安培爾的百萬家產的確是值得放手一搏的獵物。

為了赴約，他刻意打扮了一番——穿上破舊的大衣和長褲，搭配泛紅的絲質帽子，以及領口和袖口都已然磨損的衣服。這身打扮雖然乾淨整齊，但是一眼就可以看出他的經濟情況不甚理想。最後，他還在黑色的蝴蝶領結別上一顆假鑽作裝飾。打扮妥當之後，他走下樓梯。來到四樓的時候，他沒有停下腳步，而是直接用手杖輕敲緊閉的房門。隨後他走到蒙馬特區的街上，一輛電車從他身邊經過，他上車找了個位置坐下。同一棟公寓的四樓鄰居跟在他背後，也上了車在他身邊坐下。

一會兒之後，鄰居問他：「老闆，事情順利嗎？」

「嗯，成功了。」

「怎麼說？」

「我要到他家共進午餐。」

「您要去用餐！」

「你該不會以為我會白白浪費時間吧？我把魯多維克・安培爾從鬼門關前救了回來，知恩圖報的安培爾先生為了表達感激，邀我到他家共進午餐。」

好一下子，兩人都沒說話。男人又問了：「您該不會放棄這個計畫吧？」

「好兄弟，」羅蘋說：「我精心策劃了昨天晚上的攻擊，除了在三更半夜沿著舊城牆散步之外，還得在你的手腕硬生生敲上一記，加上一腳踢在你的腳踝上。我冒著傷害我唯一朋友的風險，怎麼可能在這個時候放棄計畫？」

「但是，對於他們的家產，有些奇怪的風聲……」

「別理會謠言。這個案子，我盯了整整六個月。在這段時間裡，我明查暗訪，連傭人、放貸的人，甚至是無關緊要的小人物都找來問話，並且暗中注意著這對夫婦。所以，我知道自己在做什麼。不管這筆錢是不是如同他們所說的來自老布勞佛，或是他們另有財源，我都不在乎，重要的是他們的確有一筆財產。既然如此，我就不會放過。」

「天哪！一億法郎！」

「就算是一千萬或五百萬都沒關係！他們的保險櫃裡有厚厚一疊證券，如果我不想辦法去把鑰匙拿來，豈不是暴殄天物！」

電車在星星廣場上停了下來。男人低聲說：「所以，現在要怎麼做？」

「暫時按兵不動。如果有任何計畫，我會再告訴你，我們有的是時間。」

五分鐘之後，亞森・羅蘋登上了安培爾宅邸氣勢非凡的階梯，魯多維克將妻子潔薇絲介紹給羅蘋認識。潔薇絲身材嬌小渾圓，十分健談，她熱情地招呼羅蘋。

「我打算由我們夫妻倆自己來招待我們的救命恩人。」她說。

打從一開始，他們就把「我們的救命恩人」當作老朋友看待。待午餐進行到甜點的時候，三個人已經變得相當親暱。羅蘋談到自己的生活，表示他的父親是位清廉法官，自己的童年並不順遂，現在仍然處於困境之中。潔薇絲則提起年少歲月和自己的婚姻，當然也說到自己從老布勞佛那裡繼承得來的上億財富。可是由於層層的阻礙，她如今還不能夠自由支配這筆錢，反而必須向外以高利借貸，此外，她還得面對和老布勞佛姪甥的糾紛，以及法院的禁制令！她滔滔不絕地吐露出一切，毫無隱瞞。

「羅蘋先生，您想想看，證券在我手上，就在隔壁，在我丈夫書房的保險櫃裡面，但是只要我們變賣一張證券，就會全盤皆輸！東西明明就在眼前，卻又碰不得！」

羅蘋想到自己就坐在這些財產的鄰室，全身不禁為之一顫。他清楚知道自己絕對不會像正直的女主人一樣，完全不去碰這些證券。

「啊，證券就在這裡！」他低聲說，發現自己喉嚨乾澀。

「是啊。」

在險境下建立的友誼只會越來越緊密。安培爾夫婦巧妙地問出了羅蘋的窘境，於是立刻提議以月薪一百五十法郎，聘請這位懷才不遇的年輕人到家中擔任安培爾夫婦的私人祕書。他還是可以住在原來的地方，但是得每天到宅邸來工作，為了方便起見，安培爾夫婦會在三樓空出一間辦公室供他使用。

在命運之神的安排下，他發現選出來的這間辦公室，竟然就位在魯多維克書房的正上方。

沒多久，羅蘋發現這份祕書工作是個間缺。兩個月之間，他只謄寫了四封信，僅僅到過雇主辦公室一次，也就是說，他只見過一次保險櫃。此外，他也注意到自己不曾受邀參加員工聚會。

對於自己的職務毫不受到重視，他非但沒有抱怨，反而樂得清靜。但是他也沒有浪費時間，他數次潛入魯多維克的辦公室裡檢視緊緊鎖住的保險櫃。保險櫃的材質是實心鋼板，外觀粗重，看來，光是靠一般的扁鑽、銼刀、起子或鉗子不可能打開。

亞森・羅蘋因此打退堂鼓。

「如果不能用蠻力達成目標，就要以智取，」他對自己說：「重點是要眼觀四面、耳聽八方，好好掌握時機。」

他決定預先做好準備。在仔細研究過辦公室的地板之後，他用鉛管穿過地板，位置就在安培爾書房天花板的裝飾之間，作為竊聽窺視之用。

從此之後，他幾乎天天趴在辦公室地板上觀察樓下的動靜，並且發現安培爾夫婦時常來到保險櫃邊翻閱文件。要打開保險櫃，必須轉動號碼鎖，依序輸入四個數字。他仔細觀察安培爾夫婦的動作，竊聽他們的談話，想要從中得知開鎖的號碼——既然用了號碼鎖，為什麼又有一把鑰匙？他們把鑰匙藏起來了嗎？

某天，安培爾夫婦離開書房時忘了鎖上保險櫃，羅蘋見狀，急忙下樓。他拉開門，沒想到安培爾夫婦已經回到了書房裡。

「喔，對不起，」他說：「我開錯門了。」

但是潔薇絲急忙上前拉住他。

「請進，羅蘋先生，請進來，把這裡當作您的家。我們想聽聽您的意見，我們該賣哪些證券呢？該賣國外債券，還是賣公債？」

「但是不是有禁制令限制，不能出售嗎？」羅蘋驚訝地問道。

「喔！並不是所有證券都在禁制令的範圍內。」

她拉開保險櫃的門，櫃子裡擺著一疊疊紮起來的證券。她拿起一疊證券，但是安培爾先生在旁表示抗議。

「不，潔薇絲，賣國外債券太荒唐了，會繼續漲價的……反過來看，倒是公債的價格已經到了高點。親愛的朋友，您有什麼看法呢？」

這名「親愛的朋友」雖無意見，但仍然建議安培爾夫婦出售公債。於是她拿起另一疊證券，從裡頭抽出一張，這張公債的面額是一千三百七十四法郎，年利率是百分之三。魯多維克接過來，放在口袋裡；當天下午，他由祕書陪同，透過經紀人售出這張公債，換得了四萬六千法郎。

無論潔薇絲怎麼說，亞森・羅蘋都沒辦法把這個地方當作自己的家，相反的，他在安培爾家中的地位十分特殊。他發現僕人並不知道他的名字，只稱呼他「先生」。而魯多維克提起他，總是說「請去告訴先生……」或是「先生來了沒有？」——為什麼要用這麼含糊的說法來稱呼他呢？

此外，在一開始的熱情接待之後，安培爾夫婦幾乎沒再和他交談，除了把他當恩人之外，並沒有特別注意他。他們似乎認定了他不喜歡受到打擾，性好獨處。某次當他經過前廳的時候，還聽到潔薇絲正在對兩名賓客說：「他這人不愛交際！」

羅蘋心想，好吧，就當我不愛交際好了。他沒有探究這對夫婦古怪的表現，而是把時間用來執行自己的計畫。他知道自己不能寄望機運，而潔薇絲也不可能忘記自己隨身攜帶的鑰匙。更何況潔薇絲在取走鑰匙之前，一定會先撥亂號碼鎖上的數字組合。因此，他必須採取行動。

某天，某家報社大肆抨擊安培爾夫婦，宣稱他們涉嫌詐欺。這個插曲加快了事情的進展，亞森．羅蘋注意到事件對安培爾家造成了影響。他知道，如果繼續等待，他可能會全盤皆輸。

一連五天，他沒像平常一樣在六點鐘左右下班，而是關在自己的辦公室裡。大家以為他已經離開，而他卻是趴在地板上監看魯多維克的辦公室。

他所等待的機會，並沒有在這幾個晚上出現。於是他只好在半夜，用事先備妥的鑰匙，打開後院的小門，離開安培爾家。

然而到了第六天，羅蘋得知安培爾夫婦為了反擊敵人的惡意影射，決定清點保險櫃裡的證券。

「就是今晚了。」羅蘋心裡開始盤算。

果然，用過晚餐之後，魯多維克便走進書房，潔薇絲也隨後跟上。兩個人開始翻閱放在保險櫃裡的帳簿。

時間一分一秒流逝，幾個小時之後，他聽到佣人陸續回房睡覺，除了安培爾夫婦之外，二樓沒有別人。到了半夜，安培爾夫婦仍繼續在工作。

「動手吧！」羅蘋低聲說。

他打開面對院子的窗戶，天上看不到星星和月亮，四周一片漆黑。他從櫃子裡拿出一條打了結的繩子，綁在陽臺的欄杆上，然後抓住繩子，順著排水管往下滑，來到樓下的窗口。在他眼前的就是魯多維克的書房，但是厚重的窗簾遮住他的視線，他在陽臺上站了一會兒，豎耳傾聽周遭是否有任何動靜。

靜謐的夜晚讓他放下了心，他輕輕推開兩扇窗戶。他下午在窗子的插銷上偷偷動過手腳，如果沒有人檢查過，他應該可以不費吹灰之力推開窗戶。

窗戶果然一推就開，他輕手輕腳地將窗戶推得更開，直到縫隙的寬度足以讓他把頭伸進屋裡為止。窗簾沒拉緊，羅蘋看到屋裡有光線，發現潔薇絲和魯多維克並肩坐在保險櫃旁邊。

兩人全神貫注地工作，偶爾才低聲交談。羅蘋目測這對夫婦之間的距離，盤算該如何在他們開口呼救之前，分別制伏兩人。正準備動手之前，他聽到潔薇絲說：「屋裡怎麼突然冷了起來！我要上床睡覺了，你呢？」

「我想把事情做完。」

「做完？你花一整夜也做不完。」

「不會的，再一個小時就夠了。」

說完話，她轉身離開書房。又過了二十分鐘、三十分鐘，羅蘋將窗戶推得更開了。魯多維克回頭看到風吹動窗簾，於是起身準備關上窗戶。

整個過程中沒聽見尖叫聲，也看不出打鬥痕跡。羅蘋使出精準俐落的招數，沒有造成太大的傷害，便用窗簾裏住了安培爾先生的頭，然後用繩子綑起來，這麼一來，魯多維克就無法辨認攻擊者的面孔。

羅蘋迅速走向保險櫃，拿起兩個文件夾離開書房，下樓穿過院子，從後門走出去，來到停在路邊的車旁。

「先把東西拿好，」他對司機說：「然後跟我來。」

他回到書房，兩個人往返了兩趟，清空保險櫃裡的文件。接著羅蘋回到三樓的辦公室裡，收好繩索，抹去他留下的痕跡，行動宣告結束。

幾個小時之後，羅蘋在同伴的協助下清點偷來的證券。他並不覺得失望，因為他早已料到安培爾家的財產並沒有外界猜測得那麼多，不僅沒有一億法郎，甚至連千萬法郎都不到。但這畢竟還是一筆可觀的財富，除了鐵路債券之外，還有巴黎公債、國家基金，以及航運和礦業等債券。

他滿意地說：「當然啦，出售的時候還會蒙受損失。我們會碰到麻煩，一定得分批低價出售。沒關係，有了第一筆資金，我們可以好好過日子，還能完成一些夢想。」

「其他的資料呢？」

「你可以燒掉。這些東西放在保險櫃裡的確很好看，但是對我們卻沒有用處。我們把有價證券好好地鎖起來，等待好時機。」

第二天，羅蘋原來打算一如往常到安培爾宅邸上班。但是，他在早報上讀到一則令他十分意外的新聞：魯多維克和潔薇絲夫婦失蹤了。

法官下令打開保險櫃，這個陣仗聲勢浩大，只可惜保險櫃打開之後，只看到羅蘋留下的東西……實在不多。

*　*　*

某天，亞森・羅蘋信任地對我說出了事件的經過。

這天，他在我的書房裡來回踱步，眼底閃耀出一絲我從未見過的光芒。

「總之，」我對他說：「這是一場甜美的勝利，是吧？」

他沒有回答我的問題，反倒說：「這個事件當中，還有外人無法瞭解的祕密。即使經過我的解釋，仍然有些混沌不清的部分。安培爾夫婦為什麼要逃跑？為什麼不善加利用這個我在無意間提供的機會？其實，他們只要簡簡單單地說：『保險櫃裡本來有一億法郎，現在全被偷光了！』」

「他們可能嚇昏頭了。」

「他們的確嚇著了，此外，還有一件事……」

「什麼？」

「沒事。」

他為什麼欲言又止？很明顯的，他沒有把一切都說給我聽，而他所隱瞞的，一定是他不想說的故事。這引起了我的好奇，如果連這個怪盜都有所猶豫，那麼事態一定很嚴重。

我隨意提問：「您沒有再見到他們兩個人？」

「沒有。」

「您難道一點也不同情這兩個可憐人？」

「我？」他跳起來嚷嚷。

他的態度強硬，讓我嚇了一跳。莫非我刺中了他的痛處？我繼續追問：

「本來就是。如果不是您，他們也許會面對困境，或是說，至少可以帶著錢離開。」

「您這是說，我應該懊悔？」

「那當然！」

他猛然拍打了我的書桌。

「您覺得我該感到歉疚？」

「懊悔也好，歉疚也行，基本上，就是有虧欠感覺……」

「對這種人有虧欠的感覺？」

「對被您偷光財產的人，有虧欠的感覺。」

「什麼財產？」

「嗯，那兩三疊證券……」

「兩三疊證券！我從他們手中偷來不少證券，對吧？其中還有一些是安培爾夫人繼承得來的，是嗎？難道我錯了嗎？這就是我的罪狀嗎？我的好朋友啊，您沒猜到那些證券是偽造的吧？聽到了嗎？全是假造的！」

我目瞪口呆地看著他。

「假的？四、五百萬的有價證券全是假造的？」

「全是假的！」他氣得大喊：「外債、公債、國家基金，全都只是沒有價值的廢紙！我一毛錢都沒拿到！而您竟然問我會不會覺得愧疚！該覺得愧疚的人，應該是那對夫婦！他們耍得我團團轉！把我當成傻瓜看待！」

怨恨，加上受傷的自尊，讓他怒不可遏。

「我從一開始就輸了！您知道我在這個事件裡扮演了什麼角色嗎？不，應該說他們為我安排了什麼角色？安德列．布勞佛！沒錯，親愛的朋友，而且我完全沒有起疑！事後，我在報紙上讀到部分細節，才發現這件事。我為自己安排了救命恩人的角色，然而他們從頭到尾一直讓人誤以為我是布勞佛家族的成員！

「這是不是值得佩服呢？這個在三樓有自己辦公室，人人敬而遠之，個性不善交際的人物竟然是布勞佛家族的成員！由於我的出現，由於我承襲了這個姓氏，放貸的銀行家和公證人才會讓客戶借錢給這對夫婦。哎，真是初學者的好教訓哪！我發誓，我真的好好地上了一課。」

他突然停下腳步，緊緊抓住我的雙臂，用惱怒的語氣對我說了一句既諷刺又充滿讚嘆的話：「親愛的朋友，潔薇絲・安培爾這會兒還欠我一千五百法郎呢！」

這回，我忍不住笑了出來。這簡直太滑稽了，他也轉為開朗地自嘲起來。

「沒錯，一千五百法郎！我不但沒有領到薪水，她還向我借了一千五百法郎，騙走我當年的積蓄！您知道她找了什麼藉口嗎？慈善救助！我沒說錯，她說，她瞞著魯多維克救濟窮苦人家！

「我說得夠多了。好笑吧，嗄？亞森・羅蘋偷來四百萬法郎的偽造證券，還被假冒的苦主騙走一千五百法郎！我花了多少心血策劃，卻淪落到這種下場！

「我這輩子就上過這麼一次當，真沒想到！真是被騙慘了，代價不小啊！」

chapter 3

黑珍珠

急促的電鈴聲驚醒了霍許大道九號的門房太太。她拉開大門，一邊嘀咕：

「都已經半夜三點了！我還以為大家都回來了。」

她的丈夫低聲抱怨：「可能是來找醫師吧。」

果不其然，外面有個人問道：「我找哈瑞醫師，請問他住幾樓？」

「四樓左邊那戶，但是醫師晚上不外出看診。」

「他今晚一定得出診。」

男子走進門廊，他一層層爬上樓梯，經過哈瑞醫師的家門口卻沒停下腳步，反而直接爬上了六樓。他掏出兩支鑰匙開門，其中一支可以打開公寓門鎖，另一支可以打開安全鎖。

「好極了，」他低聲自言自語，「如此一來，這個工作就簡單多了。但是在動手之前，得先確認退路。嗯，我們來推算看看，如果我先前真的按下了醫師家門鈴，這段時間夠不夠我開口詢問，並且遭他回絕？還不夠，再等一會兒……」

十多分鐘之後，他下樓拍打門房住處的玻璃，並且一邊抱怨醫師不肯出診。門房替他開了門，他走了出去，還隨手喀嗒一聲關上門。其實，這扇門根本沒關上，男子在鎖頭上塞了塊鐵片，鎖舌根本沒有插入門鎖的凹槽裡。

隨後他無聲無息地再次走進大門，沒有驚動門房夫婦。就算出了狀況，他也可以安然脫身。

他靜悄悄地來到六樓。走進前廳，借助手電筒的光線脫下外套和帽子，隨手放在椅子上，接著自己也坐下來，在腳上厚重的靴子外，套上了一雙厚毛軟鞋。

「呼！好了，真簡單哪！我真不懂，為什麼大家不乾脆全都選擇像小偷這麼輕鬆的職業？只要手腳靈活，多花點腦筋，再也找不到更有趣的工作了，不但輕鬆，還可以養家餬口，只是，有時候實在單調到有些乏味。」

他攤開公寓的格局圖。「先看看公寓裡的格局吧！我現在在長方形的前廳裡，客廳和餐廳都面對馬路。沒必要在這些地方浪費時間，聽說伯爵夫人的品味極差，這裡邊應該找不到什麼值錢的東西，所以，直接進入正題。啊！走廊在這裡，過去就是臥室。往前走三公尺就是置衣間，與伯爵夫人的臥室相鄰。」

他折起格局圖，關掉電燈，踏進走廊時還一邊數著，「一公尺……兩公尺……三公尺，前面就是置衣間的門。天哪，簡直是易如反掌！現在，擋在我和房間中間的，只剩下一道簡單的鎖，而且我還知道鎖頭離天花板一公尺又四十三公分遠。接下來，我輕輕撬開門鎖就成功啦……」

他從口袋裡摸出一把工具，但是又忽然停下來，彷彿想到了什麼事。

「說不定門根本沒鎖，先試試看無妨！」

他轉動鎖把，門隨即打開。「好傢伙羅蘋！幸運之神果然眷顧著你。接下來該做什麼？你知道屋子的格局，也知道伯爵夫人把珍珠藏在哪裡。所以，如果你想成為黑珍珠的主人，只需要保持安靜暗中行動，不要驚擾這個寧靜的夜晚就好了。」

亞森．羅蘋花了半個鐘頭的時間，小心翼翼打開通往臥室的玻璃門。他的動作極為輕巧，就算伯爵夫人沒有睡著，也不可能聽到任何聲響。

根據他手上的格局圖來看，他必須順著長椅往前走，接著他會看到一張安樂椅，然後會碰到床邊的小桌。桌上有個放信紙的文具盒，伯爵夫人把黑珍珠收藏在裡面。

羅蘋趴在地毯上，按圖索驥沿著長椅往前爬。他來到長椅另一端時停下了腳步，試圖緩和劇烈的心跳。他雖然沉著鎮定，但是臥室裡異於平常的死寂不禁讓他感覺到焦慮。他有些訝異，畢竟他見識過更安靜的情況，何況眼前的處境並不危險。那麼，他的心跳為什麼如此劇烈？壓力是否來自在一旁沉睡的伯爵夫人？

羅蘋側耳傾聽，似乎隱約可以辨識出伯爵夫人的呼吸聲，這個聲音就像個熟悉的老朋友，讓他安下心來。

他摸索著安樂椅的位置，匍匐來到了小桌邊，伸長右手在黑暗中探找，摸到小桌的桌腳。

總算到了！只要起身取來珍珠，他就可以離開這個地方。他的心跳怦怦作響，猶如受驚的小鹿，幾乎足以震醒熟睡中的伯爵夫人。

羅蘋以超凡的意志力控制住心跳，強作鎮靜。就在他準備起身的時候，左手卻碰到地毯上的一樣東西。他立刻辨認出那是一支蠟燭，一支掉在地上的蠟燭。這時他又摸到一只皮套，裡面裝的是旅行用的小鬧鐘。

怎麼會這樣？發生了什麼事？他實在不懂。這支蠟燭……還有小鬧鐘……這些東西怎麼不在原來的位置上？在陰森的黑暗當中到底發生了什麼事？

他突然驚呼出聲，他摸到……某個怪異又不知名的東西！不，不會吧！恐懼衝上他的腦門。二十秒、三十秒過去了，他依然沒有動彈，驚嚇之中，頭上的汗水開始往下滑。他的手上還殘留著剛才碰觸到這個東西的感覺。

他鼓起勇氣，再次伸出手去。他的手掌再度碰到這個東西，他仔細觸摸，終於明白了。他摸到的是頭髮，還有臉孔……冰冰涼涼，毫無生氣。

亞森．羅蘋是何等人物，一旦弄清楚狀況，不管事情有多恐怖，他還是立刻恢復自持。他打開手電筒，看到一個女人倒在他面前，肩頸間有幾道醜陋的傷口，渾身沾滿了血。他湊上前去察看，發現女人早已斷了氣。

「死了，死了！」他難以置信，反覆地說道。

他盯著女人無神的雙眼、扭曲的嘴角和蒼白的皮膚，以及凝結在地毯上的深色血水。

羅蘋起身打開臥室裡的電燈，一待光線照亮房間，便看到屋裡散佈著扭打抵抗的痕跡——床鋪亂成一團，被單全給拉了開來，地上除了蠟燭和停在十一點二十分的鬧鐘之外，不遠處的椅子翻了過去，地上還可見一灘灘的血跡。

「黑珍珠呢？」他喃喃地自問。

文具盒還在原來的位置上，他急忙上前打開，發現裡面小珠寶盒中已經空無一物。

「真沒想到！」他自言自語，「亞森・羅蘋啊，你對自己的好運氣吹噓得太早了……伯爵夫人遭人謀殺，黑珍珠不知道落到了誰的手上，情況一點兒也不樂觀！快溜吧，免得所有責任都落到自己頭上。」

但是他卻沒有動。「溜？沒錯，換作是其他人，一定會拔腿就跑。但是亞森．羅蘋可不是泛泛之輩，有別的事可做。讓我們循序漸進來思考，畢竟，你是無辜的。好，假如你是警察局局長，負責辦案……但是這得要先有個清醒的頭腦，可是我現在卻滿頭霧水！」

他跌坐在安樂椅上，雙手緊緊貼住滾燙的額頭。

*　　*　　*

霍許大道的謀殺案，是這陣子最令人訝異的話題，如果不是亞森．羅蘋在某個特別的日子裡說出實情，我絕對不可能將內情公諸於世。懷疑他參與破案的人並不多，再說，也沒有人知道確切的真相和其中的神祕之處。

有誰不認識赫赫有名的蕾恩婷．薩蒂呢？這位從前在歌劇院裡獻唱的女高音嫁給了早逝的安帝尤伯爵，在二十多年前以其奢華的生活讓整個巴黎為之驚豔，安帝尤伯爵夫人的鑽石和珍珠首飾的價值之高，尤其受到全歐洲的矚目。有人說，伯爵夫人佩戴在頸際的珠寶，幾可比擬銀行的金庫或是澳洲的金礦。珠寶工匠更是施展出過去僅有后妃才配享有的精湛技藝，來為伯爵夫人製作首飾。

同樣的，大家也都知道她的財富在瞬間化為烏有，說是銀行金庫也好，澳洲金礦也行，全都丟進了無底洞。她將金銀珠寶四處估價出售，唯獨留下那顆名聞遐邇的黑珍珠。如果她願意脫手，這顆黑珍珠無疑價值連城。

伯爵夫人絲毫不想賣掉這顆黑珍珠，她寧可節食縮衣，帶著女伴、廚娘和一名僕人搬到毫不起眼的公寓裡，也不願意賣掉手上的稀世珍寶。這項堅持的背後，隱藏著伯爵夫人不願意承認的故事，其實，這顆黑珍珠是來自某位君王的贈禮！就算面臨破產的窘境，過著儉樸的生活，她仍然對這位曾經在美好歲月中相隨的伴侶保持一片忠心。

她曾經表示：「只要我還活著，就不會讓這顆珍珠離開我。」她從早到晚都將珍珠佩戴在脖子上，到了就寢之前，才會把黑珍珠放到只有她知道的地方。

經過報紙的披露，這些細節引起了廣大讀者的好奇。奇怪的是，嫌犯雖遭到逮捕，卻反而讓案情更加撲朔迷離，也引發大眾更多的關注。當然，唯有清楚案件關鍵所在的人，才不至於有這種反應。事發的第三天，報紙上出現一則新聞：

警方業已逮捕安帝尤伯爵夫人家中僕傭維多・丹聶格，並將以最嚴厲的罪名起訴嫌犯。警察總局局長帝杜伊前往嫌犯居住的閣樓搜索，在床架與床墊之間起出丹聶格的制服，並在絲綢袖口上發現了血跡。此外，在犯罪現場，被害者床下發現的鈕釦，也與丹聶格制服上短缺的包釦吻合。

據推斷，在伯爵夫人用過晚餐後，嫌犯並沒有直接回到自己居住的閣樓，而是躲入夫人置衣間內，透過玻璃門窺探伯爵夫人藏放黑珍珠的位置。

然而到目前爲止，檢警仍然未能掌握確切證據，證實丹聶格的確涉案。此外，這項假設仍有疑點尚待澄清。丹聶格在案發隔日晨間七點曾經前往固爾塞街的菸草舖購買香菸，門房太太和菸草商皆爲人證。再者，與伯爵夫人同住在公寓裡的廚娘和女伴，也都證明了公寓前廳和廚房的門鎖在早上八點時仍然緊鎖，沒有遭到破壞。這兩位女士爲伯爵夫人工作皆已超過二十年，完全值得信賴。因此，丹聶格究竟如何進入公寓，仍然值得質疑。嫌犯是否另有一把複製的鑰匙？諸多疑點，仍有待預審釐清。

預審過後，這個案件依然疑點重重。維多・丹聶格是個危險的前科犯，不但酗酒、行為不檢，作奸犯科無所畏懼。但是檢警越是調查，就越是墜入迷霧，無法提出合理的解釋。

首先，據伯爵夫人的表親兼唯一繼承人——年輕的辛克來芙女士表示，伯爵夫人在去世的一個月之前，曾經寫信告訴她黑珍珠藏放的位置。但是在收到信的第二天，這封信就不翼而飛。是誰偷走了信？

另外，門房夫婦也表示，自己曾經為前來找哈瑞醫師的一名男子開門。警方詢問了醫師，卻遭到否認。這個男子究竟是誰？會是共犯嗎？

媒體和大眾接受了案件另有共犯的推論。老探長葛尼瑪也支持這項假設，他的看法不無道理。

他對法官說：「這個案子裡，有亞森．羅蘋的影子。」

「哎！」法官不作此想，「在您的眼裡，四處都是亞森．羅蘋。」

「我到處都能看到他，因為他無所不在。」

「不如說，每次碰到隱晦不清的案情，您就會看到他。另外，您別忘了，案發現場的鬧鐘指向十一點二十分，門房夫婦提到的訪客卻是在凌晨三點鐘才出現。」

司法單位通常都會順著先入為主的觀念，來解釋事件的經過。法官雖然欠缺佐證，無法證實在犯罪現場最早發現的兩三項證據，但是他早已得知維多·丹聶格是個酒鬼兼前科犯，負面的觀感早已深植在他的腦海裡。於是他宣布預審結束，幾個禮拜之後即將進行正式的法庭審理辯論。

整場辯論沉悶又無趣，庭長無精打采，檢方態度輕忽，在這種情況下，丹聶格的律師搶得先機，大肆發揮，指出檢方的起訴缺乏可靠證據。是誰複製了鑰匙？如果沒有鑰匙，丹聶格在離開公寓之後，怎麼可能重新鎖好門？何況，沒有任何人看過這支鑰匙，鑰匙在哪裡？有誰看到凶刀，凶刀又在哪裡？

「總而言之，」律師總結，「請證明凶手是我的委託人，抑或證明犯下竊案的不是那名在凌晨三點鐘出現的神祕客。您說，鬧鐘的指針停在十一點多，是吧？但是這又能證明什麼？難道凶手不能視情況來調整鬧鐘的時間嗎？」

最後，維多．丹聶格無罪開釋。

* * *

被拘禁了六個月之後，丹聶格在某個星期五的黃昏走出監獄，形容憔悴。歷經預審、單獨拘禁、法庭辯論，以及陪審團的判決，他早已陷入驚懼的情緒當中。到了夜晚，他噩夢連連，渾身燥熱，冷汗淋漓，心神不寧。

他用安納托．杜佛這個假名租下了蒙馬特山丘的一個小房間，做些粗工雜活度日。他的日子過得並不順遂，儘管三番兩次換工作，還是會被認出來，然後遭老闆解僱。

他發現，或是說，他覺得——有人跟蹤他。一定是警方的人馬，不放棄等待，以為總有一天他會落入陷阱。雖然事情還沒發生，他卻早已有種似乎有人提著他的領子逮住他的感覺。

某天晚上，他在住家附近的小餐館吃飯，有名四十來歲的男子來到他對面坐下。男子身上的黑色外套實在不太乾淨，他點了湯、蔬菜和一升葡萄酒。

男子一邊喝湯，一邊盯著丹聶格看。

丹聶格臉上血色盡失，這個男子一定就是跟蹤他好幾個禮拜的人。他想要什麼？丹聶格想要起身離開，卻動彈不得，雙腳不停顫抖。

男人先斟滿自己的杯子，然後為丹聶格倒了一杯酒。

「兄弟，我們乾杯吧！」

丹聶格結結巴巴地說：「嗯……好……祝您身體健康，兄弟。」

「也祝你健康，維多・丹聶格。」

丹聶格跳起身來。「我……我……不是……我發誓……」

「你要對我發什麼誓？否認你的身分？發誓你不是伯爵夫人的佣人？」

「什麼佣人？我姓杜佛。您去問問餐廳老闆就知道。」

「沒錯，對老闆來說，的確是安納托．杜佛。對司法單位來說，是維多．丹聶格。」

「不對！您說錯了！他們說的全是謊話。」

男子掏出一張名片遞給他。丹聶格看著名片上的字：「**格里莫丹，前任警探，專業機密資料蒐證。**」

他打起哆嗦。「您是警方人員？」

「我已經離開了警界，但我還是很喜歡這種工作，所以轉換個比較有利潤的方式繼續，偶爾也會碰到一些……像你這樣的案例。」

「我的案例？」

「是的，如果你願意合作，你的案例將十分有利可圖。」

「如果我不願意呢？」

「你別無選擇，依你目前的處境，實在沒辦法回絕我。」

維多・丹聶格心生恐懼，他問道：「您想要說什麼？」

男人說：「好，我們把事情做個了結。長話短說吧，辛克來芙女士派我來找你。」

「辛克來芙女士是誰？」

「安帝尤伯爵夫人的繼承人。」

「所以呢？」

「所以啊，辛克來芙女士派我來向你討回黑珍珠。」

「什麼黑珍珠？」

「你偷走的那顆黑珍珠。」

「我沒偷。」

「你偷了。」

「如果我偷了黑珍珠，那表示我是殺人犯。」

「人就是你殺的沒錯。」

丹聶格強裝出笑容。

「這位先生哪，還好法庭和您的看法不同。您可是聽好了，陪審員一致判我無罪。一個人如果心胸坦蕩，而且還有十二個正直的陪審員判定……」

這位前任警探一把抓住他的手臂。「好兄弟，廢話少說。聽清楚我的話，然後仔細思考，這對你有好無壞的。丹聶格，案發的三週之前，你偷了廚房後門的鑰匙，到奧博坎路兩百二十四號鎖匠歐塔的店裡複製鑰匙。」

「胡說，您簡直一派胡言，」丹聶格嘀咕：「沒有人看到鑰匙……根本就沒有鑰匙。」

「鑰匙就在我手上。」

格里莫丹沉默了一會兒之後，又說：「你去鎖匠店裡複製鑰匙的同一天，在市集買了匕首，用來殺害伯爵夫人。這把匕首的刀刃是三角形的，中間還有一道凹槽。」

「沒這回事，這全是您信口胡言。沒有人看見過匕首。」

「刀子也在我手上。」

維多・丹聶格稍有退縮。格里莫丹這位前任警探繼續說：「刀鋒上有腐鏽的痕跡，需要我說明原因嗎？」

「這又如何？您拿到一支鑰匙和一把匕首，有誰能證明那是我的東西？」

「首先是鎖匠，接著有賣匕首的店員。我已經喚回他們的記憶了，他們只要看到你的臉，就可以指認。」

他語氣嚴厲，絲毫不帶任何感情，精準陳述著這些連法官和檢察官都沒能掌握的資訊。丹聶格嚇得發抖，有些細節，連他自己都沒辦法說得更清楚，但是他依然裝出毫不在乎的態度。

「這就是您口中說的證據嗎？」

「不止，我還知道，你在犯案後循了原路離開。但是，在慌張的情緒下，你伸手扶住了置衣間的牆壁，以保持平衡。」

「您怎麼會知道？」丹聶格結結巴巴地說：「……不可能有人知道……」

「司法單位的確不知道，他們根本沒想到要派人拿著蠟燭檢查牆面。如果當初他們這麼做了，就會發現白色壁面上有紅色的印子，印子雖然淺，但也清晰到可以看出你沾了血水的大拇指印。你也許忘了你曾經留下過罪犯檔案，裡面有辨識嫌犯的資料。」

維多．丹聶格臉色蒼白，汗水從他的額頭往下滴滑。他的眼神瘋狂，拚命打量眼前這個奇特的男人。男子猶如肉眼看不見的證人，目睹了丹聶格犯罪的經過。

丹聶格垂頭喪氣，全身虛軟。這幾個月以來，他獨力抵擋一切，但是面對這個男人，他似乎毫無招架的餘地。

「如果我交出珍珠呢，」他吞吞吐吐地說：「您願意付多少錢？」

「一毛錢也不付。」

「開玩笑！您是說，我得把價值連城的珍珠白白交給您，然後我什麼也得不到？」

「有，你換得一條命。」

丹聶格氣得發抖，格里莫丹溫和地補上一句話：「好了，丹聶格，這顆珍珠對你一點價值都沒有。你根本不可能脫手賣給任何人，何必留在身邊？」

「有人專門收買贓物……總有一天，不管是任何價格，我總能賣出去。」

「到那個時候，就已經太遲了。」

「為什麼？」

「這還用問？因為到那個時候，你早就被司法單位逮捕入獄了。這回，我會把匕首、鑰匙和你的指紋線索等證據全都交給他們，你逃不掉的。」

丹聶格雙手撐住腦袋，苦苦思考。他覺得自己毫無退路，完全沒有勝算，同時也感受到一陣難擋的倦意，他需要休息。

他喃喃地說：「您什麼時候要？」

「今天晚上，凌晨一點之前。」

「如果沒拿到呢？」

「如果沒拿到，我會把辛克來芙女士的指控信函寄給檢方。」

丹聶格接連為自己倒了酒，一飲而盡，接著便站起身來。「您買單吧，我們走，我受夠了這個該死的案子。」

* * *

夜幕落下，兩個男人順著勒必克街，朝星星廣場的方向前進。他們靜靜地走，丹聶格神情疲憊，彎腰駝背。

兩人來到蒙梭公園，丹聶格說：「在靠近房子的那一側。」

「原來如此！你在就捕之前，只去了一趟菸草舖。」

「到了。」丹聶格心情沉重。

他們沿著公園的圍欄走，穿越馬路後，經過轉角的菸草舖。丹聶格在離菸草舖不遠的地方停下了腳步。他雙腿發抖，跌坐在長椅上。

「怎麼了？」格里莫丹問。

「到了。」

「這裡？你在胡扯什麼？」

「對，就在我們面前。」

「我們面前？丹聶格，你可別……」

「我再說一次，東西就在這裡。」

「哪裡？」

「在兩塊石板中間。」

「哪兩塊？」格里莫丹問道。

丹聶格沒有回答。

「好極了！好傢伙，你想找麻煩是吧？」

「不……只是，我實在走投無路了。」

「所以你才會記不清楚？這樣好了，我就扮個好人吧。你要多少錢？」

「夠我買張去美國的通鋪船票就好了。」

「就這麼說定了。」

「還要一張百元法郎鈔票，當作基本開銷。」

「我給你兩百。說吧！」

「從水管往右數，在第十二塊和第十三塊石板之間。」

「在水溝裡？」

「對，在人行道下面。」

格里莫丹環顧四周，電車和行人從他身邊經過。但是，動手吧！有誰會懷疑？

他打開小折刀，插入第十二塊和第十三塊石板之間。

「如果珍珠不在這裡呢？」

「如果沒有人看到我彎下腰把珍珠塞到裡面，它就應該還在。」

珍珠在不在這裡？黑珍珠被丹聶格塞到水溝的爛泥當中，誰先到，誰就可以取走珍珠。黑珍珠……這是一筆財富哪！

「埋多深？」

「大概十公分吧。」

格里莫丹挖開鬆軟的泥土，刀尖碰到了某個東西。他用指頭挖開小洞，瞧見了黑珍珠。

「喏，這兩百法郎是你的了。我會把去美國的船票寄給你。」

第二天，《法國迴聲報》上刊登了這樣一篇文章，全球媒體競相轉載：

亞森·羅蘋昨日從謀害安帝尤伯爵夫人的凶手處取得著名的黑珍珠。這顆珍珠的仿製品將於近期送往倫敦、聖彼得堡、加爾各答、布宜諾賽利斯以及紐約等地展出。

有意購買的各界人士，皆可與羅蘋聯絡。

* * *

「惡有惡報，善有善報。」羅蘋在說出案情的時候，作了這個結論。

「您化名前警探格里莫丹，在命運的安排下揪出凶手，然後奪走贓物。」

「沒錯！我得承認，那次的行動讓我感覺到十分驕傲。發現伯爵夫人死了之後，我在她的臥房裡逗留了四十分鐘，這段時間可以說是我這輩子最驚心動魄的難忘時刻。在短短的四十分鐘內，我在錯綜複雜的情況下冷靜地重建了犯罪現場，藉由搜索得來的線索破解案情，判斷出嫌犯就是伯爵夫人的佣人。最後，我終於明白，如果我想拿到珍珠，就得先讓嫌犯就捕，所以我把制服的鈕釦留在原地。但是，我又不能讓檢警取得確鑿的證據，於是我拿走犯人遺忘在地毯上的匕首，擦掉置衣間牆壁上的指紋，帶走插在門鎖上的鑰匙，出門後也沒忘記鎖上門。我說啊，這簡直是……」

「神來之筆。」我打斷他的話。

「可以這麼說。這個做法，可不是隨便任何一個人能想得出來的。我在短短的一瞬間研擬出兩個步驟，先讓嫌犯遭到逮捕，然後獲釋。我利用司法系統打擊我的目標，讓他委靡不振。如此一來，他只要一重獲自由，就會自投羅網，無可選擇地落入我設下的陷阱！」

「自投羅網……應該說他根本跑不掉吧。」

「嗯，他的確一點機會都沒有，因為他一定會無罪開釋。」

「可憐的傢伙……」

「可憐？您認為維多．丹聶格可憐！您忘了，他是謀殺犯！再怎麼樣，黑珍珠也不該落到他手上。想想看，他留住了一條命哪，丹聶格還活著！」

「而黑珍珠成了您的囊中物。」

他從祕密口袋裡掏出皮夾，一邊撫摸，還細細審視。「不知道這顆稀世珍寶會落到哪個愚蠢的白俄皇室後裔或印度大公手上？這顆裝飾在安帝尤伯爵夫人——蕾恩婷．薩蒂粉頸上的珍珠，到底會被哪個美國百萬富翁買下？」

chapter 4

紅心七

我經常自問，也經常有人問我：「你到底是怎麼認識亞森．羅蘋的？」

大家都知道我認識他，沒有人會質疑。我不但掌握了關於這個神祕人物的許多細節，發表的文章也都有確鑿的事實根據，對於某些外人只摸得到皮毛的做法，我甚且能夠精闢地解讀其中的奧妙。儘管亞森．羅蘋的行蹤飄忽無常，讓我們無法成為朝夕相處的密友，但是這些事證便足以證明我們之間的友誼，以及互信的程度了。

但是，我究竟如何認識了這個人？又是怎麼得到他的賞識來為他寫傳？他為什麼選擇我，而非別人？

答案很簡單。命運主宰一切，由不得我來左右。是偶然裡我遇上了他，是機緣讓我捲入了他的冒險故事，在他自我執導的場景中成為其中的一角。這齣戲充滿晦暗與複雜的情節，離奇的轉折讓我如今寫來依然感覺到驚心動魄。

整個故事，就在我們經常提到的六月二十二日夜裡揭開序幕。當天晚上，我與幾個朋友在疊瀑餐廳用餐，我們一邊抽菸，一邊欣賞吉普賽樂團演奏哀傷的音樂。餐桌上的話題圍繞著犯罪事件、竊案以及一些手段殘暴的刑案打轉，說句實在話，這可真無助於睡眠。當我回到家中的時候，我清楚感覺到自己的情緒與往常不同。

聖馬丁夫婦搭了車離開，尚恩．達斯佩則在溫暖的夏夜裡陪我散步回家。在此一提，我這個迷人但行止大意的好友，在六個月之後，死於一場發生在摩洛哥邊境的悲劇當中。我們邊走邊抽菸，最後終於回到我在納依區的住處。這棟小宅邸座落在麥佑大道上，我在這裡才住了一年的時間。

他問我：「您從來不覺得害怕嗎？」

「怎麼會！」

「天哪，這個地方這麼偏遠！不但沒有鄰居，周遭還一片漆黑……說真的，我不是什麼膽小的人，但是……」

「嗯，您啊，倒是興高采烈！」

「啊，我只不過是隨口說說罷了。我到現在還想著聖馬丁夫婦剛才說的搶案呢！」

他和我握手道別之後便轉身離開。我掏出鑰匙，打開了門。

「真是的，」我低聲咕噥：「安東尼忘了點蠟燭。」

接著我才突然想到，安東尼今天休假，人不在家。

屋子裡既陰暗又安靜，讓我覺得很不自在。我躡手躡腳地迅速上樓，走進臥室，然後有別於以往的習慣，我拿鑰匙鎖了門，還拉上門栓，接著立刻點亮蠟燭。

光線讓我恢復了平靜，但為求謹慎起見，我還是從槍盒裡取出長柄左輪手槍，放在床邊，才終於安下心來。我上床準備睡覺，打算閱讀助眠，於是拿起每天晚上都放在床頭桌上的書。

昨天晚上我把裁信刀夾在書中當作記號，沒想到小刀竟然被換成一只蓋著五個紅蠟封印的信封，我不禁大吃一驚！我一把拿起上頭寫著我的姓名、還標註「急件」的信封。

信！寄給我的信！是誰把信夾在書裡？我惶惶不安地拆開信封，閱讀起來：

在您拆開這封信之後，接下來無論發生什麼事或聽到任何聲音，請您千萬不要輕舉妄動，也不可呼叫，否則後果難測。

我和達斯佩一樣，絕非生性膽小的人，很願意挺身面對險境，對於假想而出的恐懼也懂得一笑置之。但是我得再次強調，這天晚上我的情緒沒有往常鎮定，不但緊張，而且容易受到驚嚇。此外，無論個性如何沉穩，碰到這種無法解釋的神祕事件，也會神經緊繃。

我緊緊抓著信紙，反覆閱讀信箋上的文字：「不要輕舉妄動……不可呼叫……後果難測……」我心裡想，「胡鬧！這不過是個愚蠢的玩笑罷了。」

我幾乎要放聲大笑。是誰阻止了我？某種不知名的憂慮讓我笑不出來。我至少可以吹熄蠟燭吧？不，不行。信上不是說「不要輕舉妄動，否則後果難測」嗎？

何必做無謂的掙扎呢？我只要順著本能，閉上眼睛就好。於是，我闔上了雙目。

就在同一個時候，安靜的屋子裡傳來一絲雜音，接著又是一陣碰撞聲。這些聲音似乎來自我放檔案櫃的書房裡。書房和我的臥室之間，僅以一間小接待室相隔。

危險就近在咫尺，我情緒高漲，想起身拿左輪手槍，立刻衝進書房去。但是我一動也沒動，因為我正前方的左側窗簾下有了動靜。

我沒看錯，喔，我的確親眼看見了窗簾擺動。在窗簾與窗戶之間的狹窄縫隙，有個人擋在中間，使得窗簾布料下垂的方式不太自然。這個人看得到我，他一定是藏身在厚重的布料後頭觀察我。這下子我終於懂了，他的同夥在隔壁翻箱倒櫃，他負責在這裡留守。我想要起身，想去拿手槍？這根本不可能。他人就在那裡看著！我只要有所行動，或是出聲呼叫，他絕對不會讓我好過。

屋裡傳來一聲巨響，隨後出現三兩下敲擊聲，聽起來彷彿是有幾個人拿著榔頭敲擊牆面，然後又反彈了起來。其實我應該說，這極可能是我在腦筋混沌狀態下的胡思亂想。

敲擊的噪音未曾間歇，這表示來人不僅大膽，並且肆無忌憚。歹徒沒料錯，我一直不敢動。這難道是怯懦嗎？不，這比較像是全身無力，無法動彈。同時，這也是個聰明的決定。我何苦反抗呢？臥室裡有個人正在監視我，他可能還有十多個同夥可以隨時支援。幾幅壁毯和一些小玩意兒，還不值得我拿性命作賭注。

這番折騰持續了一整個晚上，我心裡的焦慮和恐懼簡直難以形容！聲響終於停了下來，但是我仍然在等待，以為他們會重新開始。那個男人！在臥室裡看守我的男人甚至手持武器！我驚恐萬分地盯著他看，不敢移開半點視線。我的心跳劇烈，前額冒出汗珠，全身汗流浹背。

突然間，我整個人放鬆了下來。街上傳來熟悉的牛奶車聲響，同時，晨曦透過百葉窗的縫隙漸漸照入了昏暗的室內。

房間裡終於充滿光線，有越來越多的車子駛上了街道，驚心動魄的一夜終於結束。

我慢慢地伸手探向床頭桌，窗前的人沒有移動。我緊盯著窗簾的皺褶，找出男人確切的位置，經過仔細的盤算之後，迅速地拿起手槍朝他開了一槍。

我跳下床，口中一邊大喊著衝到窗簾旁邊。窗簾和玻璃都被我打穿了，但是我卻沒有射中搶匪……原因是——窗簾下根本沒躲人。

沒有人！這麼說來，讓我整個晚上動彈不得的，竟然是窗簾的皺褶！而歹徒就趁這段時間……我壓抑不下滿腔怒火，一鼓作氣地轉動門鎖上的鑰匙，打開門穿過接待室，然後拉開書房的門衝了進去。

我目瞪口呆地站在門口，這回，比方才在窗簾後沒看到人影還要讓我驚訝——書房裡什麼也沒少。我原以為會被洗劫一空的家具、畫作和古董刺繡，全都原封不動地放在原處！

這實在令人不解！我簡直無法相信自己的眼睛。但是，昨晚搬動物品的噪音又是怎麼一回事？我仔細檢查了整間書房，沒放過任何一吋牆壁，也沒漏掉熟悉的擺設。什麼也沒少！更讓人難以理解的是，歹徒沒有留下任何蹤跡或腳印，連椅子都沒動過。

「這是怎麼一回事？」我抱著頭自言自語，「我又沒瘋！可我明明聽見了聲音！」

我以調查犯罪現場的精確方式，一吋一吋地檢查了整個書房，卻仍一無所獲。唯一的例外，是我在一塊波斯小地毯下方的地板上發現了一張撲克牌。這是一張紅心七，乍看之下，和一般的紅心七沒有兩樣。但是我注意到一個相當奇特的細節——在七個紅心圖案的尖端，都各有一個規則的圓形小孔，這應該是用穿孔器打出來的小孔。

沒別的了，我手上只有一張撲克牌和一封信。除此之外，什麼都沒有。這是否足夠證明一切並非出自我的幻想？

*　　*　　*

我花了一整天的時間搜索書房。這間書房很大，與整棟房子形成奇怪的比例，此外，裡面的裝潢也忠實地呈現出原屋主怪異的喜好——地板以多種顏色的小磁磚拼貼出對稱的大圖案，牆上同樣也以小磁磚拼貼出龐貝的故事、拜占庭風格的圖形，以及中世紀的濕壁畫。其中有一幅拼貼畫作，酒神巴卡斯跨坐在酒桶上，另外一幅作品的主角則是個頭戴金冠、鬍鬚花白，右手持著一柄長劍的國王。

在這些作品的最上方有扇窗戶，是整間書房裡唯一的窗戶。即使在夜裡，我們也不關窗，這些個歹徒很可能就是架起階梯從這裡進到了屋裡來。但是我對此同樣質疑——如果他們真的架起了梯子，應該會在外面院子裡留下梯腳的痕跡，屋子四周的草地上也會有腳印，但是我什麼都沒找到。

我得承認，我並不想報警，因為擺在我眼前的事證既不合理又十分荒唐。這絕對是有人在開我玩笑。但是，第二天正好是我為《布拉斯報》撰稿的日子，於是我將這個百思不解的際遇一五一十地報導出來。

不少人讀到了這篇文章，但是嚴肅看待的人並不多，讀者多半認為這是虛構的故事，而不是真實事件。連聖馬丁夫婦也著實嘲笑了我一番。然而，對犯罪事件極有心得的達斯佩不但親自到訪，還仔細研究了案情。同樣的，他也查不出蛛絲馬跡。

幾天之後的某個早晨，安東尼聽到門鈴響前去應門，回報外頭有位先生想和我談話，但又不願意報上姓名。我要安東尼讓他上樓。

這位先生大約四十歲出頭，皮膚曬得黝黑，神態機伶，衣著也很合宜，只是稍嫌老舊，顯然是有意藉由優雅的外表來掩飾粗俗的舉止。

他沒有客套問候，而是直接用沙啞的嗓音表明來意，說話的口音證實了我對他社會地位的猜測。

他說：「先生，我在咖啡館裡碰巧讀到您在《布拉斯報》上的報導，您的文章讓我很……非常感興趣。」

「謝謝您。」

「所以我直接來找您。」

「這樣啊！」

「是的，來找您談談。請問您寫的都是實情嗎？」

「一點兒也不假。」

「沒有任何一個細節是出自您的想像？」

「的確如此。」

「那麼，也許我能提供您一些情報。」

「請說。」

「不。」

「怎麼不行？」

「在說出情報之前，我必須確認您報導的真假。」

「您要怎麼確認？」

「我必須單獨留在這間書房裡。」

我驚訝地看著他，然後說：「我不覺得……」

「我在閱讀您的報導時，突然有個想法。您所敘述的細節，和我某個特殊遭遇有異曲同工之妙。如果是我猜錯，那麼最好保持沉默。唯一能夠查證的方法，就是讓我單獨留在這裡。」

這個提議的背後到底隱藏著什麼祕密？事後我回想起來，這個男人說出提議的時候，態度似乎有些焦急，且形於神色。但是當時我雖然震驚，卻並不覺得他的提議有什麼可疑之處。何況，他的說法引起了我的好奇心！

我回答：「好吧，您需要多長時間？」

「喔，三分鐘就夠了，之後，我會出來找您。」

我離開書房，到樓下拿出懷表計時。一分鐘，兩分鐘過去了……為什麼我有種緊張的感覺呢？為什麼這短短的幾分鐘彷彿比其他時間來得沉重？

兩分三十秒……兩分四十五秒……突然間，我聽到有人開槍。

我三步併作兩步爬上樓梯，衝進書房。眼前的景象讓我驚呼出了聲。男人橫臥在書房中央，鮮血夾雜著腦漿流得一地。一把左輪手槍掉落在他的手邊，槍口還冒著煙。他抽搐一下，接著就沒了動靜。

眼前的一幕已經夠嚇人了，但是我發現離男人腳邊不遠的地上，竟然有一張紅心七撲克牌！這個發現讓我忘了立刻呼救，也忘了要跪下來探探他是否還有鼻息。

我撿起撲克牌，牌上的七顆紅心尖端各有一個小圓孔……

* * *

半個小時之後，納依區的警察局局長帶著法醫，陪同警察總局局長帝杜伊一同來到我家。我非常小心，未曾去碰觸屍體，沒有影響到警方的初步勘查。調查非常簡短，警方什麼也沒找到。死者的口袋裡不見任何證件，衣服也沒繡上姓名縮寫。總之，毫無線索足以辨識他的身分。此外，書房裡的擺設和先前完全相同，都還留在原來的位置。然而這個男人不可能專程來到我家，選擇這個地點自我了斷！他在萬念俱灰下做出這個決定之前，一定懷有個動機，而在他獨處的短短三分鐘之內，一定領悟到了某種他事前不知道的真相。

什麼真相？他看到了什麼？為什麼感到驚訝？他發現了什麼重大的機密？警方沒有找到答案。

就在最後一刻，突然出現一個重大的轉折。當兩名警探彎下腰，打算將屍體抬到擔架上的時候，死者緊握的左手鬆了開來，他們發現一張揉皺的名片。

名片上印的是：**喬治・安德麥，貝利街三十七號**。

這張名片有什麼意義？喬治・安德麥是巴黎銀行界耆老，一手創立了金屬交易銀行且身兼董事長，是法國金屬業界的重要推手。他度日奢華，名下不但有好幾輛名貴的汽車，私人馬廄還培養出了好幾匹明星賽馬。他經常在宅邸舉辦名流盛會，安德麥夫人的優雅與美貌尤為眾人矚目的焦點。

「死者難道就是他？」我低聲問。

帝杜伊局長靠向我，說道：「不是他。安德麥先生膚色白皙，頭髮有些灰白。」

「那麼這張名片怎麼會出現在這裡？」

「先生，您這裡有電話可以借用嗎？」

「有的，在衣帽間裡，請隨我來。」

他先翻找了電話簿，然後要接線生為他接通四一五二一。

「請問安德麥先生在嗎？麻煩您轉告他，帝杜伊局長請他盡快到麥佑大道一〇二號來一趟，有緊急事件。」

二十分鐘之後，安德麥先生走下車。警方為他說明為何請他前來現場，接著帶他去辨認屍體。

看到死者，安德麥先生的面容先是僵硬了一下，接著，他以低沉的聲音脫口說：「是艾提恩．瓦藍。」

「您認識他嗎？」

「不認識……應該說，我見過他。他的哥哥……」

「他有兄弟？」

「有的，叫做亞佛多．瓦藍。這個哥哥曾經來找過我……但是我忘了所為

何事。」

「他住在哪裡？」

「兄弟倆住在一起，好像在普羅旺斯街。」

「您知不知道他為什麼自殺？」

「完全不清楚。」

「但是，他手上握著一張名片……上面有您的名字和地址！」

「我真的不懂。這肯定純屬巧合，各位一定能查出真相。」

我心想，就算是巧合，也未免太過詭譎了。我相信在場眾人也有同樣的感覺。

第二天的報導，以及聽我描述過整件事的朋友，亦抱持了相同的看法。神祕的氛圍籠罩著一切，謎一般的兩次事件都以我家為場景，兩次都出現鑽了七個孔的紅心七撲克牌，這張名片可能是唯一能引導我們找出真相的線索。

但是出乎意料之外，安德麥先生並沒能提供有效的訊息。

「我把知道的都告訴你們了，」他再次重申：「你們還要知道什麼呢？你們在死者身上找到了這張名片，我比任何人都驚訝。而且，我跟大家一樣期望真相大白。」

他並沒有如願。警方查出瓦藍兄弟原籍瑞士，使用好幾個不同的假名進行不法活動，經常出入賭場，曾夥同警方追緝中的一群外國人犯下尚未偵結的搶案。六年前，這對兄弟的確住在普羅旺斯街二十四號，但是沒有人知道他們之後的行蹤。

我認為這個案子太過複雜，破案無望，於是盡量不去多想。但是尚恩・達斯佩卻另有見解。這陣子以來，我經常和這個朋友見面，發現他對此案的興趣一天比一天濃厚。

他告訴我，本地的報紙紛紛轉載了一篇外電報導，並且大肆評論：

新型潛艇的試航，將在皇室成員的見證下，於尚未揭曉的祕密地點舉行。這艘新型潛艇將徹底顛覆未來海軍的作戰方式。據消息來源透露，潛艇命名爲——紅心七。

紅心七？這是個偶發事件？還是說，這艘潛艇的名字和先前的事件有某種程度的關連？會是哪方面的關連呢？發生在這裡的案件，怎麼可能會和外國的潛艇試航有關呢？

「這您怎麼會知道呢？」達斯佩對我說：「看似偶發的不相關事件，通常會有共同的淵源。」

第三天，又出現了另一項傳聞。

亞森・羅蘋

傳聞指出，紅心七新型潛艇的試航計畫，原由法國工程師策劃執行，由於無法取得同胞的經濟支援，轉向英國海軍尋求協助，卻仍然遭拒。

我不想在這場引起軒然大波的事件上多加著墨。但是如今，這個事件可能引起的危險性已告一段落，由此我不能不提一提《法國迴聲報》一篇同樣引人注目的報導。這篇文章為大家口中的紅心七事件提出了一些含糊的線索。以下為報導全文，署名的記者是薩爾瓦多。

紅心七事件——揭開面紗的一角

記者在此將盡可能地爲您摘要報導。十年前，年輕的礦業工程師路易・拉襲伯爲了全然投入手邊的研究計畫，於是辭去工作，租下位於麥佑大道一〇二號的一棟小宅邸。小宅邸落成不久，才剛裝潢好，主人是一位義大利伯爵。路易．拉龔伯僱用了來自瑞士洛桑地區的瓦藍兄弟擔任助手，其中一人協助他進行實驗測試，另一人則負責尋求贊助。透過瓦藍兄弟，拉龔伯結識了銀行家喬治．安德麥，這個時候，安德麥才剛創辦金屬交易銀行不久。

經過幾次面談，安德麥先生表達出對於潛艇計畫的高度興趣，並且同意在計畫抵定之後，將透過自身的影響力來協助拉龔伯尋求法國海軍支持試航。

接下來的兩年之間，路易．拉龔伯頻繁出入安德麥的宅邸，向這位銀行家報告計畫的進展。最後，拉龔伯終於得到了滿意的成果，於是請求安德麥與海軍相關單位溝通。

這天，路易．拉龔伯與安德麥共進晚餐，在十一點半左右離開安德麥宅邸。自此之後，就失去了蹤影。

記者查閱過當時報紙，發現拉龔伯的家人曾經爲失蹤案件尋求檢警單位的協助，但是毫無所獲。當時推測，這個不循常規又經常異想天開的年輕人，有可能在沒告知親人的狀況下，獨自離家旅行。

儘管這套解釋讓人難以置信，但倘若情況真是如此，那麼，大家便不得不思考一個攸關國運的問題——潛艇的藍圖在哪裡？路易・拉龔伯把整個計畫都帶走了嗎？還是銷毀了所有的文件？

本報特別針對這個問題展開深入的調查，發現潛艇的藍圖仍然完好保存在瓦藍兄弟手上。他們是如何取得的，目前尚無法得知。至於這對兄弟爲何沒有出售藍圖，也依然是個難解之謎。瓦藍兄弟是否擔心自己取得資料的方式太啓人疑竇？本報在此證實，瓦藍兄弟並沒有堅持，路易・拉龔伯的潛艇藍圖早已落入某外國強權手中。本報即將公開瓦藍兄弟與此外國強權之信件往來。路易・拉龔伯親手設計的紅心七潛艇，已經由鄰國打造完成。

潛艇是否達到了叛國者的期待？我們希望情況適得其反，也有理由相信事實將證明一切。

文章結尾處還有一段後記：

最新報導——本報的推測正確無誤。根據特定消息來源指出，紅心七潛艇的試航情況令人不盡滿意。據推斷，有可能是瓦藍兄弟的藍圖當中，欠缺了路易．拉襲伯在失蹤當晚帶給安德麥的關鍵資料，也就是最後計算及測量的結果。沒有這份資料，藍圖便不夠完整，也毫無用處。

正因爲如此，我們仍然有時間採取必要的行動以期收回文件。爲此，本報特別呼籲安德麥先生提供協助，開誠布公爲我們說明一切，說明他爲何沒有在艾堤恩．瓦藍自殺當天坦白說出實情，爲何沒有道出潛艇藍圖已經遺失了。此外，安德麥先生也應該解釋，爲什麼在這六年當中，斥資聘僱專人監視瓦藍兄弟的一舉一動。

我們謹此等待安德麥先生以行動——而非光以言語來回應，否則，後果請自負。

報導中，威脅的意味十分強烈。但是會怎麼做？撰稿者薩爾瓦多會對安德麥施展出什麼恫嚇的手段？

記者群起圍訪安德麥，十來個採訪成功的記者紛紛抱怨安德麥的態度高高在上。《法國迴聲報》的記者則以一小段文字表示：

無論安德麥先生是否願意，從此刻起，他都將成為本報持續調查報導的人物。

* * *

短文見報當晚，達斯佩和我共進晚餐。那天晚上，我們把所有報紙攤放在桌上，兩人一起討論，以各種不同角度來檢視案情，然而我們卻如同霧裡看花，總是摸不清頭緒，一再碰到相同的盲點。

這時門突然開了，一位頭戴面紗遮臉的女士逕自走進來，不僅事先門鈴沒響，也沒經過僕人通報。

我立刻起身向前，她問道：「先生，住在這裡的就是您嗎？」

「是的，夫人，但是……」

「外面的柵門沒關。」她作此解釋。

「但是大廳的門呢？」

她沒有回答，我猜想，她應該是繞到後面，走僕人的樓梯上樓。這麼說來，她知道這棟房子的配置？

大家尷尬地靜默了一會兒。她看了達斯佩一眼，我只好先為她介紹，接著請她坐下說明來意。

她掀起面紗，在我面前的是一位棕髮女子，五官端正，迷人的眼眸為她添增了無限風采。然而這雙眼睛卻是如此的哀傷淒苦。

「我是安德麥夫人。」

「安德麥夫人！」我驚訝地重複了她的話。

好一下子，沒有人開口出聲。接著，她鎮定地說：「我是為了……您應該知道的那件事而來。我想，也許可以向您探問一些消息……」

「天哪，夫人，我知道的不比報紙的報導來得多。請您明說，我究竟可以幫得上什麼忙。」

「我不知道……不曉得……」

我這時才察覺她其實只是強裝鎮定，以冷靜的外表來遮掩波動的情緒。於是大家都沒說話，氣氛與方才一樣困窘。

達斯佩的目光一直沒有離開她，默默仔細觀察她。這時候，他走向前去問道：「夫人，我可以冒昧請教您幾個問題嗎？」

「喔，好的，」她回答：「這樣，我才知道該怎麼說起。」

「無論我怎麼問，您都會回答，對嗎？」

「是的，您儘管問。」

他想了一下，然後說：「您認識路易．拉龔伯嗎？」

「是的，透過我丈夫的關係才認識。」

「您最後一次見到他，是在什麼時候？」

「在我家共進晚餐的那一天。」

「那天晚上，有沒有任何蛛絲馬跡，讓您發現以後可能再也見不到他？」

「沒有。他的確提過想到俄羅斯旅行，但他只是隨口說說罷了。」

「所以，您打算與他再次會面？」

「是的，原來約好後天一起用晚餐。」

「您對他的失蹤有什麼看法？」

「我毫無頭緒。」

「安德麥先生的看法呢？」

「這，我就不知道了。」

「但是……」

「請您別再繼續追問。」

「《法國迴聲報》的報導似乎暗指……」

「文章中是說，瓦藍兄弟和拉龔伯的失蹤有關。」

「您也是這麼想？」

「是的。」

「您的猜測有什麼根據？」

「路易．拉龔伯離開我家的時候拎著一個公事包，裡面裝著與計畫相關的文件。兩天後，我丈夫和瓦藍兄弟其中一人會面（還活著的那一個），得知資料在他們手中。」

「但是他沒有報警？」

「沒有。」

「為什麼？」

「因為，在那個公事包裡還有路易．拉龔伯的其他文件。」

「什麼文件？」

她猶豫了一下，幾乎就要吐出答案，但最後還是緘默不語。達斯佩繼續問：「這就是您的丈夫沒有通知警方，卻派人監視瓦藍兄弟的原因。」他希望能一次找回潛艇的資料和這些文件……瓦藍兄弟一定是拿這些文件向他勒索。」

「勒索他……也勒索我。」

「啊？同樣也勒索您？」

「主要是針對我而來。」

她以沙啞的聲音說完這句話。達斯佩看著她，然後在房裡踱步，接著回到了她身邊發問：「您是不是寫過信給路易・拉龔伯？」

「當然有……我丈夫和他有往來……」

「除了公事的信件之外，您是否寫過……其他信給路易・拉龔伯？請恕我詳問，但是我必須釐清整件事。您是不是寫了其他的信？」

安德麥夫人滿臉緋紅，囁嚅地說：「是的。」

「瓦藍兄弟拿到了這些信？」

「是的。」

「這麼說來，安德麥先生也知情？」

「他並沒有讀到信，不過亞佛多・瓦藍告訴他有這麼一些信件，並且語出威脅，表示如果我丈夫舉報他們，這些信就會公開。我的丈夫這才開始害怕……他不願意面對醜聞。」

「但是他試過，打算把信件搶回來。」

「他的確試過……至少，我是這麼想的。自從他和亞佛多・瓦藍談過話之後，我們起了嚴重的爭執，他認為我該負責。此後，我們形同陌路。」

「既然這樣，您何不放手一搏？您擔心的是什麼？」

「儘管他現在對我如此冷淡，但是，他曾經深愛過我，他應該還可以繼續愛我的！喔！我沒辦法確定，」她以熾熱的語氣低聲說：「如果他沒有拿到這些該死的信，他還會愛著我的……」

「什麼！他拿到信了嗎……可是瓦藍兄弟仍然繼續勒索他？」

「是的，瓦藍兄弟甚至還誇過口，說他們把信件藏在一處安全地點。」

「所以呢？」

「我相信我丈夫找出了這個地點！」

「怎麼可能？信藏在哪裡？」

「這裡。」

我跳了起來。「這裡？」

「對，我也一直這麼猜。路易・拉龔伯熱中機械設計，空間的時候總喜歡製作保險箱和各種鎖頭。瓦藍兄弟八成也是這麼想，才會在事後用這些祕密設計來藏信……他們一定還藏了別的東西。」

我大聲抗議：「但是他們並不住在這裡。」

「在您搬進來之前，這個房子空了四個月的時間。他們有可能回來過這邊，並且認為如果他們需要回來找文件，就算您住在屋裡，也不會造成妨礙。

但是他們沒想到我的丈夫會在六月二十二日晚上進屋來撬開保險櫃，取走……他想找的東西，然後留下一張撲克牌，向瓦藍兄弟表示他不再處於他們的威脅之中，情勢已經逆轉。兩天之後，艾堤恩．瓦藍讀到《布拉斯報》的報導，於是急忙來到這裡，單獨留在房內打開保險箱，發現裡面空無一物，於是開槍自盡。」

過了一會兒，達斯佩問道：「這只是您的推論，是吧？安德麥先生什麼也沒向您說？」

「沒有。」

「他對您的態度可有任何改變？有沒有變得更陰沉或更不安？」

「也沒有。」

「您覺得他如果真的拿到信，他的態度會這般一如往常嗎？依我看，他並沒拿到。我覺得當晚進屋裡來的人不是他。」

「那麼會是誰哪？」

「這個神祕人物在幕後操縱一切，我們只看到複雜布局當中的一角，打從一開始，我們就感受到他強而有力的組織本領。是他帶著同夥在六月二十二日晚上潛入屋裡撬開保險櫃，而留下安德麥先生名片的人也是他——他打算揭發瓦藍兄弟叛國的證據。」

「他是誰？」我焦急地打斷達斯佩的話。

「當然是《法國迴聲報》的記者薩爾瓦多！難道還不夠明顯嗎？他透露出來的資訊，只有挖出瓦藍兄弟祕密的人才會知曉。」

「如果是這樣，」安德麥夫人神情驚恐，結結巴巴地說：「他也拿走了我的信，現在換成他來勒索我丈夫！天哪，這該如何是好。」

「寫信給他，」達斯佩簡明扼要地說：「把事情的原委毫無保留地告訴他。」

「您說什麼？」

「您和他有共同目標。他一定會對亞佛多．瓦藍採取行動，他並不想打擊安德麥先生，但絕對不會放過亞佛多．瓦藍。您必須幫助他。」

「怎麼幫呢？」

「您的丈夫手中是不是有路易．拉龔伯最後那一份文件？」

「是的。」

「把這件事告訴薩爾瓦多，如果有必要，想辦法幫他取得資料。總之，先和他通信，您不會有任何風險的。」

這個提議既大膽又危險，但是安德麥夫人別無選擇。就如同達斯佩方才所說的，她會有什麼風險呢？如果這個神祕陌生人是敵人，這個舉動不可能讓情況更糟。如果他另有特殊目的，夫人和拉龔伯之間的信件也不會是他的首要考量。

無論如何，安德麥夫人眼前只有這個方法，在絕望之下，她決定欣然接受。她情緒激動地向我們道謝，保證一定會把後續發展告訴我們。

過了兩天，她將薩爾瓦多的回覆寄給我們：

信件不在保險箱裡，但是我會取到手，請不必擔心，交給我處理。薩。

我拿起信紙研究，信上的字，和我在六月二十二日晚間收到的便條紙筆跡相同。

達斯佩的推斷果然沒錯，薩爾瓦多的確是整件事的幕後主導者。

* * *

事實上，我們已經開始在這一片渾沌當中看到了曙光，某些重點也出乎意料之外地越來越清晰。然而，許多謎團仍舊沒有解開，其中包括那兩張紅心七撲克牌。也許是因為這兩張紅心尖端穿了孔的撲克牌太令我疑惑——這兩張紅心七在整樁事件中究竟扮演什麼角色？重要性何在？再者，根據了路易·拉龔伯的藍圖打造出的潛艇也命名為「紅心七」，對此，我們又應該如何看待？

至於達斯佩呢，他把撲克牌的問題擱置一旁，積極處理他認為最重要的問題——尋找保險箱。

「誰曉得呢，」他說：「說不定我會發現薩爾瓦多沒能找到的信件，他有可能疏漏了。既然瓦藍兄弟把這些信件當作極具價值的武器看待，他們不太可能把信從安全的地方取出來。」

他不斷地找，很快就把大書房摸得一清二楚，接著還把觸手伸到整棟屋子，從裡搜到外，沒放過外牆的磚瓦石塊，連屋頂幾乎都被他掀了開來。

某天，他帶著鏟子和鋤頭來找我。

他把鏟子遞給我，拿起鋤頭，然後指著整片空地說：「動手吧！」

我跟在他的身後，卻提不起什麼興致。他先是把空地劃分成幾個區域，然後逐一檢查。最後，他終於來到隔開這棟屋子與鄰居土地的圍牆旁邊，注意到雜草掩蓋住了一堆瓦礫和小石塊，於是動手開始挖掘。

我只好跟著幫忙。我們在陽光下整整挖了一個小時，卻毫無所獲。接著，達斯佩的鋤頭刨開石塊下的泥土，碰到了一些骨頭，骸骨上還沾著衣物碎片。

我頓時覺得自己血色漸失，我看到泥土中插著一塊三角形的小鐵片，上頭似乎有紅色的痕漬。我彎下腰察看，我的確沒看錯。小鐵片約莫和撲克牌一般大小，上頭有七個以紅鉛畫出來的紅點，位置和紅心七撲克牌相同，每個紅點的尖端都打了個小孔。

「達斯佩，我受夠這整件事了。如果您有興趣，那麼請便，我不繼續奉陪。」

不知是情緒爆發，還是因為在豔陽下過度耗費體力地工作，我只知道自己蹣跚離開現場後，回屋裡在床上躺了整整四十八個小時，發著高燒，燥熱難當，夢魘不斷。夢境中，一堆屍骸不但圍著我起舞，還掏出血淋淋的心臟往我頭上扔。

達斯佩是個忠誠的朋友，天天都來看望我，但他總是花上三、四個鐘頭待在書房裡敲敲打打，翻東找西。

「那些信在這間書房裡，」他偶爾會過來告訴我，「一定在的，我很確定。」

「饒了我吧！」我仍舊心懷恐懼。

第三天早上，我雖然還很虛弱，但已經可以起床。享用過豐盛的午餐之後，精神更是好了許多，但是真正讓我痊癒的，是我在下午五點收到的一封信函。這封信又喚醒了我的好奇心。

先生：

在六月二十二日晚上登場的事件，如今終於接近尾聲。由於情況使然，我不得不安排事件的兩名主要人物在府上見面，如果閣下願意在今晚九點到十一點之間出借您的住處，我將無比感激。如果您方便，請在這段時間遣退府上僕人，我也建議您最好外出，讓兩個相關人物彼此對質。您應該記得在六月二十二日當晚，我原封不動地保留了閣下的所有物品，不敢有所損傷。我對您不敢有所存疑，但相信您定然會對這次的請求保持緘默。

薩爾瓦多謹上

這封信措辭有禮卻逗趣，他的要求稱得上異想天開，我覺得十分有意思。

薩爾瓦多表現得隨興又迷人，對於我會否答應他的請求，似乎極有把握。我不可能讓他失望，更不可能不知感激而違背他的信賴。

晚上八點鐘，我的佣人拿著我送他的戲票出了門。這時候達斯佩正好來訪，我把信件拿給他看。

「所以呢？」他問道。

「所以，我會打開花園的柵門，讓他們進來。」

「您呢，您也要避開？」

「想都別想！」

「但是，他已經開口要求……」

「他要求我保持緘默，我會照辦，但是我一定得親眼看到接下來的發展。」

「您說得對，我也要留下來，一定會很有趣的。」

一聲門鈴打斷我們的對話。

「他們已經到了？」他低聲說，「早到二十分鐘？不可能。」

我拉開前廳的百葉窗，看到一個女人穿過花園走來。來者是安德麥夫人。

她心神不寧，結結巴巴地說：「我丈夫……他要來……這裡碰面，他會拿到……那些信……」

「您怎麼會知道？」我問她。

「無意間得知的。我丈夫在晚餐的時候收到了信。」

「是快遞嗎？」

「是一封電報，家裡的佣人弄錯了，把電報遞給我。雖然我丈夫立刻拿走，但還是遲了一步，讓我瞥見了電文。」

「您讀了電文……」

「內容大致是：『今晚九點，請攜帶相關文件前往麥佑大道交換信件。』

晚餐後，我立刻回房，然後趕緊出門。」

「您沒讓安德麥先生知道？」

「沒有。」

達斯佩看著我，問道：「您有什麼看法？」

「我和您的看法相同，安德麥先生是應邀而來的事件相關人之一。」

「出面邀請的人是誰？有什麼目的？」

「我們馬上就可以知道了。」

我把兩人帶到書房裡。我們三個人坐在壁爐的絲絨布幔後面，安德麥夫人坐在中間，一起透過縫隙觀看書房裡的動靜。

大鐘敲響了九聲，沒多久，花園的鐵柵門發出嘎吱聲，有人推開門進來。我的心裡忐忑不安，同時也興奮莫名。謎團的答案即將揭曉！我在這幾個星期以來碰到的奇遇終於可以得到合理的解釋，我馬上就要親眼目睹這場爭戰了。

達斯佩緊握著安德麥夫人的手，低聲對她說：「無論如何，您千萬不要動！不管您聽到或看到什麼，都得沉住氣。」

有人走進了書房，我立刻認出那是亞佛多・瓦藍。他長得和艾堤恩・瓦藍十分相像，兄弟倆一樣步伐沉重，長得滿臉大鬍子。

他的神情警覺，對周遭環境存有戒心，彷若一個隨時會遭到埋伏，是以想要先嗅出陷阱，然後遠遠避開的人。他環視書房，我覺得他似乎對這個以布幔遮蓋的壁爐角落不甚滿意。他朝這個方向走了兩三步，但是另一個更重要的念頭驅使他回過頭去。他走到牆邊，來到用小磁磚拼貼出來的圖案前停下腳步，他盯著手持寶劍、長鬚花白的老國王看，加以仔細檢視，接著他站到椅子上，用手指劃過老國王的肩頸輪廓，觸摸人物的臉孔。

他突然從椅子上跳了下來，離開牆邊。隨著腳步聲的接近，安德麥先生來到了門口。

安德麥驚訝地高喊出聲：「您！是您要我來這裡的嗎？」

「怎麼可能是我？」瓦藍開口反駁，沙啞的聲音讓我想起了他的弟弟。

「明明是您寫信要我過來的。」

「我的信？」

「您署名的信件，表示您願意提供……」

「我沒有寫信給您。」

「您沒寫信！」

瓦藍立刻提高警覺，他提防的不是銀行家安德麥先生，而是引他踏入陷阱的不知名敵人。他又一次看向壁爐的角落，然後迅速走向門口。

安德麥擋住他的去路。「瓦藍，您要做什麼？」

「我們被設計了，我不喜歡這種感覺。我要走人，晚安。」

「等等！」

「聽著，安德麥先生，您不必多言，我們之間沒什麼好說的。」

「我們有很多事得談清楚，剛好可以利用這個機會……」

「別擋著我。」

「喔，不，您別想離開。」

安德麥態度堅定，瓦藍往後退了一步，不甘不願地說：「好吧，那就快點說，讓我們一次把事情解決。」

有件事讓我覺得很驚訝，我相信我身邊的兩名同伴也同樣失望。薩爾瓦多為什麼沒有出現？他難道不打算出面，不參與自己一手策劃的布局嗎？只有安德麥和瓦藍兩人面對面，就能夠讓他得到滿意的答案嗎？我百思不得其解，不知他的缺席，會否影響到這場精心安排、張力十足的雙人對決。

過了一會兒之後，安德麥先生靠近瓦藍，面對著面，直視他的雙眼。「事情已經過了這麼多年，您也不需要害怕。老實說吧，瓦藍，您把路易・拉龔伯怎麼了？」

「問得好！您以為我知道答案嗎？」

「您一定知道！你們兄弟倆和他幾乎是形影不離，經常留宿在這棟房子裡，對他的工作計畫一清二楚。最後那天晚上晚餐過後，當我陪路易・拉龔伯走向我家門口時，看到了暗處有兩個人影。對此，我可以發誓。」

「發誓又怎麼樣？」

「就是你們兄弟倆，瓦藍！」

「您得提出證明。」

「最好的證據，是在兩天之後，你們把到手的文件裝在拉龔伯的公事包裡，拿到我家出售。這些文件怎麼會落到你們手上？」

「我告訴過您，安德麥先生，在拉龔伯失蹤的第二天早上，我們在他的桌上發現了那些資料。」

「謊話連篇！」

「請您提出證據。」

「司法單位可以證實。」

「那麼您何不向司法單位舉報？」

「為什麼？啊，為什麼……」

他沉下臉，沒說完話。

瓦藍說：「瞧，安德麥先生，如果您有把握，那麼我們微不足道的威脅也不可能造成任何影響……」

「什麼威脅？那些信嗎？你們以為我真的相信？」

「如果您認為那些信並不存在，何必要求花錢買回這些東西？又何必派人追查我們兄弟兩人的行蹤？」

「為了拿回重要的藍圖。」

「胡說！就是為了那些信。只要一拿到信，您就會舉發我們。不可能的，我絕對不會交出來！」

他突然放聲大笑，隨後又突兀地停下來。「夠了，同樣的話不必一再重複，不可能有進展。我們到此為止。」

「不，」安德麥說：「既然您提到信，那麼，在把信交給我之前，別想離開。」

「我就是要走。」

「不，不行！」

「聽著，安德麥先生，我建議您……」

「您出不去的。」

「我們走著瞧！」瓦藍忿忿地說。這時，安德麥夫人嚇得輕喊了一聲。

他一定聽到了，因為他執意要走出書房。安德麥先生用力推了瓦藍一把，我看到瓦藍把手伸進外套的口袋裡。

「我再說最後一次！先把信交出來！」

瓦藍掏出手槍，瞄準安德麥先生。「讓不讓我走？」

安德麥先生迅速地低下身子。

我們聽到一聲槍響，瓦藍手中的武器掉了下來。

我大感震驚，槍聲竟然來自我的身邊！達斯佩一槍打落了亞佛多・瓦藍手中的左輪手槍。

他突然站到兩人中間，面對瓦藍冷笑了一聲。

「朋友，您很幸運，非常地幸運。我瞄準您的手，卻打中您手上的槍。」

兩人呆若木雞，愣愣地看著達斯佩。他對安德麥說：「先生，捲入這件與我無關的事，多管了閒事，還請您見諒。但是老實說，您的招數實在太笨拙，

請讓給我出牌吧！」

接著他轉頭對瓦藍說：「就你我兩人來玩吧，這位朋友，還有，請你手腳乾淨點。王牌是紅心，我出紅心七。」

他將塗了七個紅點的小鐵牌拿到瓦藍眼前。瓦藍的表情讓我大吃一驚，他的臉色鐵青，雙眼圓睜，五官扭曲，似乎被眼前的景象嚇到動彈不得。

「您是什麼人？」他幾乎說不出話來。

「我剛才說過了，一個多管閒事的人，但是我決定管到底。」

「您想要什麼？」

「我要你帶過來的所有東西。」

「我什麼也沒帶。」

「絕對帶了，否則你不會來。今天早上你收到一封信，要你在九點鐘帶著手邊的資料過來。你果然出現了！文件在哪裡？」

達斯佩說話的方式以及他的態度，帶著一種我從未見過的威嚴——我所認識的達斯佩一向是很溫和的。

瓦藍震懾於他的威嚴，伸手指著自己的口袋。「文件在這裡。」

「全都帶來了嗎？」

「是的。」

「所有你從路易・拉龔伯公事包裡拿來，並且賣給馮・黎本少校的文件？」

「沒錯。」

「這是正本嗎？」

「是正本。」

「你打算賣出多少錢？」

「十萬法郎。」

達斯佩哈哈大笑。「你瘋了！少校只不過付給你兩萬法郎。這兩萬法郎簡直白花了，因為試航完全不成功。」

「那是因為他們不懂得如何使用藍圖。」

「是因為藍圖不完整。」

「那您何必買下藍圖？」

「我有需要。我出價五千法郎，一毛錢也不會再加。」

「一萬，一毛也不能少。」

「成交。」

達斯佩回頭看安德麥先生。「請您簽張支票。」

「但是……我沒帶……」

「沒帶支票本？來，在這裡。」

安德麥驚訝地翻看著達斯佩遞給他的支票本。「是我的支票本沒錯……怎麼會這樣？」

「多說無益，親愛的安德麥先生，您只管簽名就好了。」

這位銀行家掏出筆來簽下名字，瓦藍伸出手想拿。

「別亂動，」達斯佩說：「事情還沒搞定。」然後他對安德麥先生說：

「另外，您還想要拿回一些信？」

「是的，有一疊信件。」

「瓦藍，信在哪裡？」

「不在我手上。」

「在哪裡，瓦藍？」

「我不知道，是我弟弟負責藏信的。」

「信就藏在這個房間裡。」

「如果是這樣，您知道藏在了什麼地方。」

「我怎麼會曉得？」

「不是您找到保險箱的嗎？您的消息似乎很靈通……和薩爾瓦多不相上下。」

「保險箱裡沒有信。」

「絕對在裡面。」

「去打開。」

瓦藍的眼神中充滿了懷疑，達斯佩和薩爾瓦多是不是同一個人？一切都導向這個推論。如果真是這樣，他在知道保險箱位置的人面前動手，就不會有什麼損失。但是如果這個推論錯誤，他也不必做無謂掙扎……

「打開！」達斯佩又說了一次。

「我沒有紅心七撲克牌。」

「有，這張就是。」達斯佩拿起鐵牌說。

瓦藍驚恐地往後退。「不……不，我不要……」

「難道這張沒辦法……」達斯佩湊近長鬚灰白的老國王，爬到椅子上，把紅心七放在寶劍的劍柄下方，讓鐵牌覆蓋刀刃。接著，他用錐子逐一插入鐵牌上的七個孔，壓下七片小磁磚。當他壓下第七片磁磚的時候，啓動了保險箱的機關，老國王的胸膛嘎的一聲旋轉了開來，貼在鐵片後方的凹洞和保險箱的模樣如出一轍。

「瓦藍，你看，保險箱是空的。」

「的確是空的，那麼，一定是我弟弟拿走了那些信。」

達斯佩向他走過去，然後說：「別耍詐，還有另一個保險箱。它在哪裡？」

「沒有別的保險箱。」

「你要的是錢嗎？要多少？」

「一萬法郎。」

「安德麥先生，對您來說，這些信值這個數目嗎？」

「值得。」安德麥堅定地說。

瓦藍關上保險箱，不情不願地拿起紅心七鐵牌放在寶劍劍柄下方，與方才的位置相同。他一次壓下了鐵牌下方的小磁磚，機關再次啓動，但是這一回卻出乎大家的意料之外，在大保險箱門上出現了一個小保險箱。用細繩綑起的一疊信件就藏在裡面，瓦藍拿起信，遞給達斯佩。

達斯佩問道：「安德麥先生，支票簽好了嗎？」

「準備好了。」

「您手上也有路易·拉龔伯最後一份可以讓潛艇計畫完整無缺的資料？」

「是的。」

交易抵定。達斯佩把文件和支票放進了口袋裡，然後將信件交給安德麥先生。

「安德麥先生，這就是您要的東西。」

安德麥猶豫了一會兒，似乎害怕去碰觸這些他尋找已久的可憎信件。接著，他緊張地拿了起來。

我身邊的安德麥夫人呻吟了一聲。我拉起她的手，發現她的手異常冰冷。

達斯佩對安德麥先生說：「先生，我們的對話應該就此告一段落了。啊，請您不必感謝我了。我能夠幫得上您的忙，全是命運的安排。」

於是，安德麥先生帶著妻子寫給路易・拉龔伯的信，離開了書房。

「太好了！」達斯佩高興地歡呼，「一切圓滿解決。朋友啊，現在只剩下我們自己的問題了。你的文件呢？」

「全都在這裡。」

達斯佩仔細翻閱了文件，然後放進口袋裡。

「好極了，你果然言而有信。」

「但是……」

「但是什麼？」

「那兩張支票呢？……那些錢？」

「好傢伙，虧你還問得出口！怎麼，你還想要錢？」

「那是我應得的。」

「偷來的文件還敢出價賣？」

瓦藍氣得直發抖，雙眼充滿血絲。

「錢……兩萬法郎……」他開始結巴。

「不可能給你，我自有用處。」

「錢！」

「你講講道理吧，還有，犯不著拿出匕首嘛！」

達斯佩突然抓住瓦藍的手臂，他痛得叫出聲來。

達斯佩接著說：「去吧，朋友，新鮮空氣對你有益處。需要我帶你出去嗎？我們可以穿過空地，我帶你去看一堆石塊，那下面有……」

「不可能！這不可能是真的！」

「偏偏就是如此，這片打了七個孔的小鐵牌就是從那裡挖出來的。你記得吧，路易·拉龔伯的這塊鐵牌從不離身。你們兄弟倆把鐵牌和屍體埋在一起……當然，其中有些東西會讓司法單位非常感興趣的。」

瓦藍舉起緊握的拳頭擋住臉，然後說：「算了，我栽了個大筋斗。別再說了！只是……我只想知道一件事……」

「請說。」

「在大保險箱裡是不是有一個小盒子？」

「有。」

「當您在六月二十二日晚上潛進來書房的時候，小盒子還在不在裡面？」

「還在。」

「裡面裝著什麼東西？」

「裝著你們瓦藍兩兄弟四處搜刮而來，然後放在裡頭的漂亮首飾和鑽石、珍珠。」

「您全拿走了？」

「那當然！要不然，換成你會怎麼做？」

「那麼……我弟弟是因為找不到小盒子才自殺的嗎？」

「有可能。光憑找不到你們和馮．黎本少校之間的書信往來，應該不至於有這種結局。但是連小盒子都不見了，就……這就是你想問的事？」

「還有，您是誰？」

「你這樣問，難道想報復？」

「真該死！事情不可能永遠順利，今天是您占了上風，下次……」

「會是你。」

「希望如此。請問您的大名是？」

「亞森．羅蘋。」

「亞森．羅蘋！」

瓦藍踉蹌後退，彷彿被人狠狠打了一拳，這個名號似乎奪去他所有的希望。

達斯佩笑了出來：「哈，你以為隨便任何人都能策劃得如此滴水不漏嗎？至少也要亞森．羅蘋出馬才行嘛！兄弟，現在你知道答案了，趕快去準備復仇大計吧，亞森．羅蘋會等著你。」

他沒再說話，將瓦藍推出了門外。

「達斯佩，達斯佩！」我大聲喊，仍然用我當初認識他的名字喊他。

我拉開布幔，他跑了過來。

「怎麼了？發生什麼事？」

「安德麥夫人昏過去了。」

他靠過來，將嗅鹽放在她的鼻端，一邊照顧她，一邊問我：「怎麼一回事？」

「那些信，」我告訴他：「您怎麼把路易．拉龔伯的信全交給了她丈夫！」

他拍了拍前額。

「她以為我真的這麼做了……當然了，她看到事情的經過，當然會這麼想。我真笨！」

安德麥夫人醒了過來，專注地聽他說話。他從文件夾裡掏出一小疊信。這些信件和他稍早交給安德麥先生的信件十分相似。

「您的信在這裡，夫人，真正的信。」

「但是……另外那些是什麼？」

「另外那些信和這些相同，只是我昨天晚上重新抄寫處理過了。您的丈夫讀了信，心情肯定會大好，再說，他也不可能懷疑信的真假，畢竟他目睹了一切。」

「但是筆跡……」

「沒有我模仿不出來的筆跡。」

她向這位生命中的貴人道謝，我看得出她並沒有聽到瓦藍和亞森・羅蘋的最後幾句對話。

我不知該如何看待這個曾經是朋友的男人，他竟然如此突兀地在我面前揭露了真實的身分。羅蘋！他是亞森・羅蘋！這個熟識的朋友竟然是亞森・羅蘋！我不知所措，然而他倒是自在得很。

「您可以跟尚恩．達斯佩道別了。」

「啊？」

「沒錯，尚恩．達斯佩要遠行。我要派他去摩洛哥，他很可能在那裡光榮捐軀。我得承認，他本來就有這種打算。」

「但是亞森．羅蘋會和我們留在這裡？」

「喔，這是當然的。亞森．羅蘋這會兒才開始嶄露頭角呢，他的未來還很長……」

我在好奇心驅使之下打斷了他的話，將他從安德麥夫人身邊拉開。

「您先前到底還是發現了放信的小保險箱？」

「碰到好多困難！一直到昨天您睡午覺的時候，我才找出來。而且啊，天曉得，根本沒那麼複雜！但我們總是到最後才會發現最簡單的解決方式。」

他拿起漆著紅心七的鐵牌給我看。「我早就猜到，把撲克牌放在寶劍上，壓下洞孔下方的小磁磚，就可以打開保險箱……」

「您怎麼猜到的？」

「簡單得很！我有特殊消息來源，而且，我在六月二十二日晚上潛進來了書房……」

「和我分手之後？」

「對，而且還刻意在晚餐時提起會引發您精神緊張的話題，讓您深信不疑，完全不敢下床，好讓我有足夠的時間尋找。」

「這個推論的確很有道理。」

「所以說，我來之前就知道祕密保險箱裡鎖了個小盒子，紅心七就是開鎖的鑰匙。接下來，我只要把撲克牌放在設計好的隱密位置就可以了，經過一個小時，我便找出答案了。」

「一個小時！」

「仔細看看小磁磚拼貼出來的人像。」

「那個老國王嗎？」

「老國王正是所有撲克牌的紅心K：查理曼大帝。」

「果然沒錯……但是紅心七為什麼有時候可以打開大保險箱，有時候開的是小保險箱呢？為什麼您在一開始的時候，只打開大保險箱？」

「為什麼？因為我每次都將撲克牌依照同一個方向擺。昨天我才發現，如果把撲克牌倒轉，也就是把紅心七的尖端朝上放，七個小孔的位置便會跟著改變。」

「那當然！」

「的確沒錯，但是，也得要想得出來才行。」

「還有一件事，在安德麥夫人說出來之前，您並不知道有一疊信件……」

「在她當我們的面說出來之前，我確實不曉得。我在保險箱裡只找到小珠寶盒和那對兄弟賣文件的相關書信，正是看了那些信件，我才發現他們的叛國行徑。」

「總之，您之所以會去追究瓦藍兄弟的底細，接著又找出了潛水艇的計畫，全是巧合？」

「出於偶然。」

「但是，您的目標是什麼？」

「天哪！您還真是興趣盎然。」達斯佩笑著打斷了我的話。

「我簡直著迷了。」

「是嗎？等我先把安德麥夫人送回去，然後派人送篇短文到《法國迴聲報》之後，我會再回來。到時候我們再聊細節。」

他坐下來寫了一篇足可娛樂讀者大眾的短文。會有誰不記得這個舉世矚目的事件呢？

亞森・羅蘋爲薩爾瓦多稍早提出來的問題找到了解答。羅蘋取得了工程師路易・拉龔伯的潛艇藍圖和完整文件，並將送交海軍部長。羅蘋藉此機會發起募款活動，希望能爲國家募集建造首艘潛艇的款項，羅蘋本人決定拋磚引玉，率先捐出兩萬法郎。

「兩萬法郎，不就是安德麥先生開的支票嗎？」讀了他遞給我看的短文後，我忍不住這麼問他。

「正是。瓦藍應該為他的叛國付出一點代價。」

* * *

我就是這麼認識了亞森・羅蘋，也正是因為這樣，我才知道俱樂部裡的同

亞森・羅蘋

儕尚恩・達斯佩是怪盜紳士亞森・羅蘋所借用的身分。我和這名奇男子就此展開一段美好的友誼，也因為有幸得到他的信賴，於是忠誠又心懷感激地成了他的傳記作家。

國家圖書館出版品預行編目資料

亞森・羅蘋：皇后的項鍊／莫里斯・盧布朗（Maurice Leblanc）著；蘇瑩文譯
——初版——臺中市：好讀出版有限公司，2023.04
面；　　公分——（好好讀；02）
注音版
譯自：Arsène Lupin, gentleman-cambrioleur

ISBN 978-986-178-622-3（平裝）

876.596　　　　111013187

好讀出版

好好讀 02

亞森・羅蘋：皇后的項鍊（注音版）

填寫線上讀者回函
請掃描 QRCODE

原　　著／莫里斯・盧布朗
譯　　者／蘇瑩文
總 編 輯／鄧茵茵
文字編輯／簡綺淇、林碧瑩
美術編輯／王廷芬、許志忠
行銷企劃／劉恩綺

發行所／好讀出版有限公司
407 台中市西屯區工業區 30 路 1 號
407 台中市西屯區大有街 13 號（編輯部）
TEL:04-23157795　　FAX:04-23144188　　http://howdo.morningstar.com.tw
（如對本書編輯或內容有意見，請來電或上網告訴我們）
法律顧問／陳思成律師

總經銷／知己圖書股份有限公司
106 台北市大安區辛亥路一段 30 號 9 樓
TEL：02-23672044　　02-23672047　　FAX：02-23635741
407 台中市西屯區工業 30 路 1 號
TEL：04-23595819 FAX：04-23595493

電子信箱／ service@morningstar.com.tw
網路書店／ http://www.morningstar.com.tw
讀者專線／ 04-23595819 # 212
郵政劃撥／ 15060393（戶名：知己圖書股份有限公司）

印刷／上好印刷股份有限公司
初版／西元 2023 年 04 月 15 日
定價／ 230 元
如有破損或裝訂錯誤，請寄回 407 台中市西屯區工業區 30 路 1 號更換（好讀倉儲部收）

Published by How Do Publishing Co., Ltd.
2023 Printed in Taiwan

ISBN 978-986-178-622-3